訳文庫

ビリー・バッド

メルヴィル

飯野友幸訳

kobunsha classics

光文社

Title : BILLY BUDD, SAILOR
1924
Author : Herman Melville

目次

一般的な英国74門艦

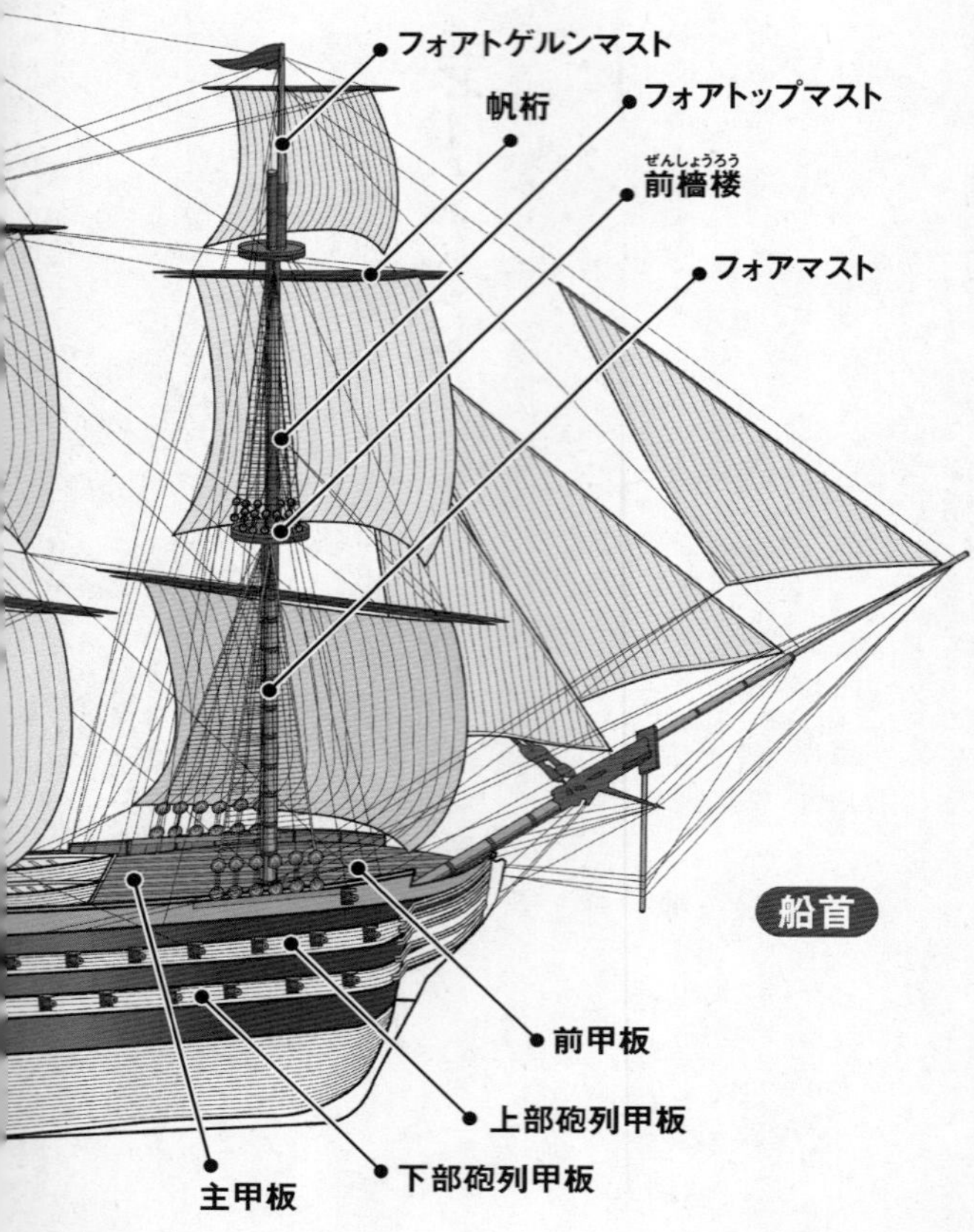
フォアトゲルンマスト
帆桁
フォアトップマスト
前檣楼《ぜんしょうろう》
フォアマスト
船首
前甲板
上部砲列甲板
下部砲列甲板
主甲板

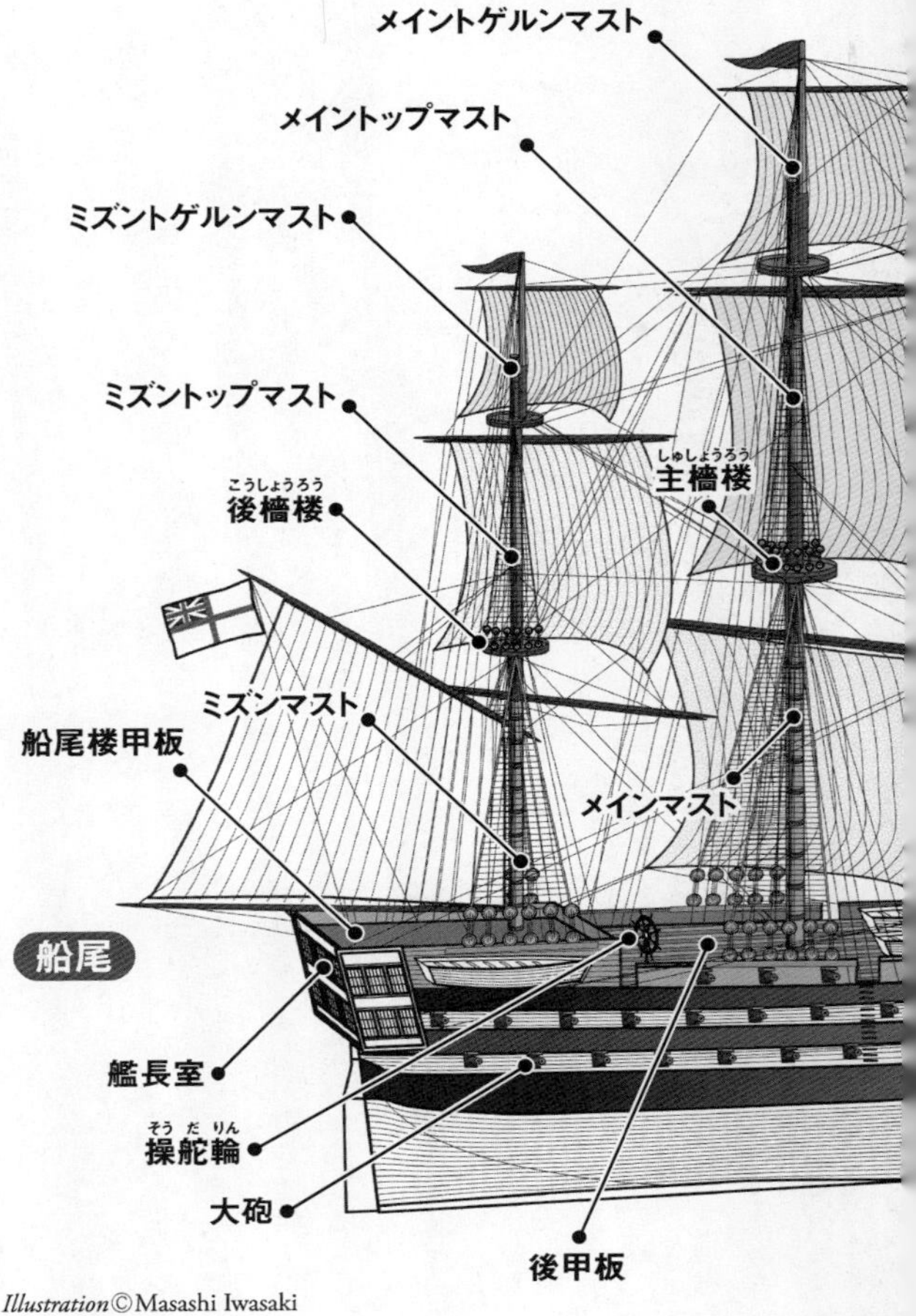

Illustration© Masashi Iwasaki

ビリー・バッド

英国人ジャック・チェイスに捧ぐ

かの偉大なる心が、この地上にいようとも、
楽園に安らいでいようとも

一八四三年
米国フリゲート艦ユナイテッド・ステーツ号における
主檣楼《しゅしょうろう》長

1

蒸気船の時代よりも前のことである。当時は、大きな港の波止場をぶらついていると、褐色に日焼けした船員の一団に目を奪われることが多かった。軍艦や商船の船員たちが休日ともなるとめかしこみ、陸《おか》で羽をのばしている。同じ階級でも抜きんでた者に寄りそったり、あるいはボディガードのようにとり巻きながら歩いている場合もあった。牡牛座最大の星アルデバランを光の弱い星々が囲むようなものである。その中心人物こそ、海軍も商船も今より華やかなりし頃のいわゆる〈ハンサム・セイラー〉というわけだ。虚栄などかけらも見せず、むしろ生まれつきの風格、それも無造作で気取ることのない様子で、船員仲間の自然な敬意を受け入れているようだった。

その際立つような例を、いつも思い出す。リバプールで、今から半世紀も前のこと、プリンス・ドック（あの厄介物もはるか昔に取り壊された）の薄汚れた大きな壁の陰で見た漆黒《しっこく》の平船員だ。これぞアフリカ先住民、生粋のハム族であったにちがいない。均整がとれ、平均的身長をはるかに超える姿。首にゆるく巻いた派手な絹ハンカチの両端が、はだけた黒檀《こくたん》の胸で踊り、両耳には大きな金の輪、タータンチェック柄のハイランダー・ボンネットが形の良い頭を引き立てている。それは暑い七月の真昼のこと、汗で光る顔は野蛮なほどの上機嫌に輝いていた。楽しげに右、左と船員たちにわめきたて、白い歯のこぼれるのがこちらにも見えた。はしゃぎまわり、船員仲間の中心にいる。その仲間たちも、とりどりの種族と肌の色から成り、フランス貴族アナカルシス・クローツ[1]に率いられて〈人類代表〉としてフランス最初の国民議会に並ばされた連中に混じっても遜色《そんしょく》あるまい。この黒い神像に旅行者たちが思わず知らず敬意を表するたびに——立ち止まって見入るとか、時には感嘆の声を上げるとか——混成の従者たちは、敬意の的である男に誇りをいだくのだった。忠実なしもべたちがひれ伏すなか、アッシリアの司祭たちが巨大な雄牛像に必ずや見せるような誇りを。

閑話休題。くだんの時代の〈ハンサム・セイラー〉とは、ナポレオンの義弟たるミュラ元帥の船員版よろしく陸地をのし歩くこともあったにせよ、あの気障《きざ》な「ビリー野郎」に似たところなど微塵《みじん》も見せない（このビリー野郎とは愉快な男の原型のことで、今やほとんど消えうせたとはいえ、時にそんな奴が嵐吹くエリー運河で船の舵《かじ》を取っているところ、いやそれより運河沿いの居酒屋で酔いつぶれそうなところにお目にかかることもある)。〈ハンサム・セイラー〉とはおのが危険な職分をいつも熟知している者だけあって、いくぶん逞《たくま》しいボクサーかレスラーのようでもあった。力と美、というわけだ。武勇伝は語りつがれてきた。陸にあっては戦闘士、海に出れば乗組員代表、絶好の機会と見るや、いつも先頭に立つ。大波のなかで中檣《ちゅうしょう》帆《ほ》をぐいとたたみ込むとなれば、さあそこに居合わせ、荒天のなか桁端《けたはし》にまたがる姿は、フランダース馬の鐙《あぶみ》に足をのせ、両手でロープをつかんで手綱とするかのようで、さしずめ荒馬ブケパロスをならす若きアレキサンダーといったところ。卓抜なるその姿、雷鳴轟《とどろ》く空に牡牛座の両角ではね上げられたかのごとく、帆柱で奮闘する船員の列を明るく鼓舞する。

彼らにあって、精神性が肉体性にかなわなかったためしは滅多にない。そう、肉体は精神によって高められるべきなのだ。でなければ、「美」と「力」とが男性のうちに結合するときはいつも魅力的だとしても、その二つがいつわりなき敬意——たとえ

---

1 フランス革命の指導者の一人。国民議会が貴族制度の廃止を可決した日に、二十カ国あまりの国民の代表が思い思いの服装で議場にあらわれ、人類の平等をうったえた。一七五五—九四。

ば〈ハンサム・セイラー〉が才能劣る仲間たちから幾度となく得たような——までも引き出すことはできなかっただろう。

少なくとも外観において、そしてある面で性格においても（ただし物語の進行とともに重要な変化があらわれはするものの）注目の的だったのが、空のように澄んだ眼をしたビリー・バッドである。あるいは、今後出てくる状況により、もっと親しみをこめてベイビー・バッド（赤ん坊の蕾《つぼみ》）とも呼ばれた。齢《よわい》二十一にして、英国艦隊のフォアトップマン[2]である。それは十八世紀最後の十年にさしかかろうというときのことだった。彼が国王陛下の軍隊に入ったのは、これから語る物語より少し前のことである。帰港途中の英国商船が英仏海峡にさしかかったとき、外洋をめざす大砲七十四門の英国軍艦ベリポテント号[3]に強制徴用されたのだ。この軍艦は、あわただしい当時としては珍しいことでもなかったが、船員の定員を満たさないままの航海を余儀なくされていた。商船に乗りこんできた士官ラトクリフ海尉は、船内通路で一目見てビリーに飛びついた。それも、後甲板でじっくり品定めするため正式にこの商船の船員たちが召集されるより前のことである。くわえて、彼だけを海尉は選んだのだ。他の男たちが海尉の前に並べられてもビリーに劣っているからか、それとも商船もまた人手不足なのを目にして気がとがめたからか、どちらにせよ、この士官は最初の直観まかせのビリーという選択肢で満足した。船の仲間が驚き、逆に海尉が大いに満足したことには、ビリーは異議をとなえもしなかった。とはいえ、実のところ、異議をとなえたところで、鳥籠《とりかご》に投げこまれたゴシキヒワが抵抗するようなもの、無駄なことではある。

不平も言わずにしたがい、それもほとんど楽しげにしているのを目にして、商船長は静かな非難のうちに驚きのまなざしをこの船員に向けた。商船長はどんな職業にも——つつましい職業にも——見かけるような善人だった。誰もが一致して「立派な人」と呼ぶような人物である。そして、荒れた海を掻きわけかきわけ、御《ぎょ》しがたき大自然と生涯にわたり争いながらも、この正直者が心から愛するのは静けき平和だけだった、と報告してもさほど奇異でもなかろう。年のころは五十前後で太りじし、人好きのする顔に髭はたくわえず、色つやも良く、その丸顔には慈悲と知性にあふれる

2　船首の帆柱（前檣楼）を担当する水夫。
3　「戦闘に強い」の意。

表情が浮かんでいた。天気晴朗、風もまたおだやかですべて順調な日には、その声のうちに鐘の音のように響く音楽は、深い人間性から真実がそのまま出てきたかと思わされる。きわめて慎重、きわめて良心的で、これらの美徳が実は過度の不安をもたらすのではと思える場合さえあった。航海の途中、おのれの船が陸に近いかぎりは、グラヴェリング船長は眠るということがなかったからだ。強い責任感を心に秘めていたが、そうでない船長だってざらにいたのである。

さて、ビリー・バッドが水夫室に行って荷物をまとめている間、グラヴェリング船長はこのありがたくない機会には通例の歓迎を示さなかった（といっても別の思いにとらわれていたからだが）。けれども、ベリポテント号のずんぐりむっくりの海尉は当惑するでもなく、さりげなく船長室におもむき、そのうえ酒の棚にあった酒壜《さかびん》にまで手を伸ばした。酒を貯蔵する場所など、こういう男の目にはすぐさまお見通しである。というか、この男、当時大いに長引いた戦争で海軍生活のあらゆる苦難と危険を味わっても、感覚的悦びへの自然な衝動をそこなわれることはなかったのだ。老練の船乗りにはこういう手合いもいた。職務とあらば、忠実におこなう。だが、それが味気ない、不毛の地に水を引くような責務のときは、なるたけその水に火酒を混ぜて地味を肥やさんとしていた。さて、船長室のあるじにとっては、降ってわいたホスト役を演じるに、できるだけきちんと、敏速にやるほかはなかった。酒壜にくわえるに不可欠のものとして、この強引な客人のまえに黙々とタンブラーと水入れも並べた。だが、自分は遠慮するからといって滅入ったように見つめていると、この臆面なき士官はグロッグ酒を少量の水でゆっくりと割り、三口で飲みほし、空《から》のタンブラーをすぐ脇へとうっちゃりながら椅子に落ち着くと、きわめて満足げに舌なめずりをし、それからホスト役をしっかと見すえるのだった。

こんなやり取りが終わり、船長が沈黙を破った。その声の調子には、悲しげな非難がこめられていた。「海尉、あなたは私から最良の男を奪っていくのですぞ、船員の宝を」

「うむ、わかっておる」と相手は答えるや、すぐさまタンブラーを引き寄せて二杯目を飲もうとするのだった。「うむ、わかっておる。すまんな」

「失礼ですが、おわかりになっておりません、海尉。よろしいですか。あの若者を船員に加える以前には、船首楼《せんしゅろう》は争いだらけのネズミの穴だったのです。暗黒時代だったのですよ、本当に、このライツ号は。心配でわがパイプも慰めにならないほどでした。けれど、ビリーが来た。すると、アイルランド人の騒動に平穏をもたらすカトリック司祭のようじゃありませんか。説教をしたとか、特別に何か言ったり、行ったりというわけでもない。でも、美徳が彼から発して、酸っぱいところも甘くしてくれたのです。蜂が蜜に集まるように、あいつのところにみんな寄っていきました。みんな、といってもただ連中のうちにひとりだけ愚か者がおりまして、こいつがまたいかつくて、毛むくじゃらで、火のように赤い鬚をはやした奴なんで。まったく、新米へのやっかみからか、あんな〝好男子野郎〟——仲間に彼のことを言うとき嘲《あざけ》ってそう名づけたんです——には闘鶏ほどの逞しさもあるまい、ここは一丁、修羅場を作ってやろうとたくらんだわけです。ビリーはといえば、こんな男でも我慢し、やさしく説諭までしてやった。海尉、やつは私に似てるんですな、いさかいは憎むべきもの、と思うところがね。でも、うまくはいかない。で、ある日の第二折半直《せっぱんちょく》[4]のとき、この赤髭がみんなの前で、サーロインステーキとは肉のどの部位かをビリーに教えるふりをして——何しろこいつは肉屋だったこともあるので——無礼にも鳩尾《みぞおち》に突きをくらわそうとした。と、電光石火、ビリーは赤髭の腕をはらいのけた。あえて言うなら、彼はそんなに強くやるつもりはなかったはずですが、とにかくこのいかついアホにすごい一撃をくらわしてしまったんです。この間三十秒ほどのことでした。そしたらまあなんと、この愚図はその敏捷さに仰天したんです。信じられないかもしれませんが、海尉、赤髭はいまやビリーをほんとうに愛しているんです——愛しているんですって、さもなきゃ世紀の偽善者ってところだ。でも、船員みんなが愛しているんです。洗い物をしてやる奴もいれば、古いズボンをつくろってやる奴もいる。大工はひまなときにちょっとした収納箱、それも引出し付きのきれいなやつを作ってやる。誰もが、ビリー・バッドのためなら何でもやってやる。さしずめ円満家族ってわけです。でもここで、海尉、あの若者が去ったら——ライツ号船上がどうなるかはわかりきっています。夕飯を終え、巻き揚げ機にもたれ、静かに私がパイプをくゆらせるなんて当分はできんでしょう。いや、絶対にできない。ああ、海尉殿、あんたは船員の宝石をぶんどっていくんです。平和の使者をぶんどっていくんですぞ！」と言うと、この善人はこみあげるすすり泣きを抑えるのに苦慮するのだった。

4　当直の名称は以下の通り。午後直（十二時—十六時）、折半直（第一折半直＝十六時—十八時、第二折半直＝十八時—二十時）、初夜直（二十時—〇時）、中夜直（〇時—四時）、朝直（四時—八時）、午前直（八時—十二時）。

「ささて」と海尉は言った。それまでは面白がって聴いていただけなのが、いまや酒を手にすっかり陽気になっていた。「ささて、平和の使者たちに祝福あれ。とりわけ、戦う平和の使者たちには。それこそ、われらが七十四門の美しき大砲たちだ。私のために、ほらあそこに停泊する戦艦の舷窓から何門かが鼻面を突き出しているのが見えるだろう」と言って、船長室の窓からベリポテント号を指さした。「まあ、元気を出したまえ！　そんなに落胆した顔をするもんじゃないよ、あんた。さあ、国王の認可があることをここで誓ってもよい。安心つかまつれ、国王陛下は知って喜ばれるだろう、王の海軍食といっても水夫がむさぼり食うほどにはありがたがらないこのご時世に、そして国のためにと水夫をひとりかそこら召し上げられただけでひそかに怒る船長までいるこのご時世に、いいか、知って喜ばれることだろう、少なくともひとりの船長が嬉々として国王に群れのうちの華をさし出したことに。それも、船長並みに忠実で、おまけに不満ももらさぬ水夫を。それにしても、わが美少年はどこだ。ああ」と船長室の空いたドアからのぞいて、「来たぞ来たぞ。なんとまあ、簞笥をひきずって。さしずめでかいトランクをかかえたアポロだわ！　おいおまえ」とビリーにむかって歩を進めて言った。「そんなにでかい箱は軍艦に持ちこめんぞ。箱といえば、弾薬箱にかぎられる。所持品は頭陀袋《ずたぶくろ》に入れろ、おまえさん。ブーツと鞍《くら》は騎兵のため、頭陀袋とハンモックは水兵のためってな」

収納箱から頭陀袋への移し替えは終わった。そして、分捕った男が小艇に乗りこむのを見とどけ、それに自分も続くと、海尉はライツ・オブ・マン号から離れていった。それが商船の名前である。船長と乗組員たちは船員風に縮めてライツと呼んでいた。英国北部ダンディ在住の頑固な船主がトマス・ペインの忠実な崇拝者だったのである。ペインの書、『人間の権利《ライツ・オブ・マン》』は、エドマンド・バーク[5]のフランス革命糾弾に応えたもので、出版後しばらくは方々で読まれていた。自分の船をペインの書物にちなんで名づけたことで、このダンディの男は同時代の船主、フィラデルフィアのスティーヴン・ジラードに似ていた。ジラードこそ、母国とその自由主義思想に同等の共感をいだき、それを示すべく自分の船をヴォルテール、ディドロ、などと名づけたわけである。

5　英国の哲学者・政治家。「保守主義の父」と呼ばれ、アメリカの独立革命を支持したが、フランス革命を批判した。一七二九―一七九七。

さて今や、小艇が商船の船尾を過ぎ、士官と漕ぎ手たちが——ある者は苦々しげに、一方ある者はにやつきながら——装飾文字で印された船名を目に留めていた。そのとき、この新補充兵は、艇長に座れといわれた船首部分から伸び上がり、船尾手摺《てすり》から黙って悲しげに見つめる船員仲間たちに帽子を振り、やさしく別れを告げたのである。つづいて、船そのものに挨拶をした。「あなたともお別れです、いとしきライツ・オブ・マン号よ」

「身を下げい！」と即座に、こっちは上官だぞと言わんばかりに海尉が叫んだ。必死に笑いをかみ殺しながらではあったが。

たしかに、ビリーの行為は海軍の礼儀に反するものだった。だが、そんな礼儀を教わったこともなかったのだ。海尉もそう考えてくれたなら、そして船に最後の別れなどしなければ、強くとがめられることもなかったろう。だが、海尉はこれをむしろ新補充兵にあっては隠れた皮肉を伝える意図があるものと取った。徴用ということについてのひそかな中傷、そして彼自身へのひそかな中傷、と。しかし、それが実質的に揶揄《やゆ》であったとしても、ビリーにとって意図的なものでは決してなかった可能性は高い。健康、若さ、そして自由な心のもたらす快活さをふんだんにそなえていたにせよ、どう見ても皮肉などという性向は与えられていなかった。そんな意図、そして悪がしこさにもまた欠けている。二重の意味だの、当てこすりだのも、どう見ても彼の性質にはそぐわなかった。

無理やり徴用されたことについても、天候の変わりやすさか何かのように、当たり前のことと受け取っているようだった。哲学者というより、動物のように、いつの間にやら事実上の運命論者となっていたのである。むしろ、身に降りかかったこの冒険じみた展開を好んでいたかもしれない。そこには新奇な場面や、戦乱の興奮へと扉が開かれることが約束されていたのだから。

ベリポテント号に乗船するや、われらが商船員はただちに有能な航海者とみなされ、前檣楼《フォアトップ》の右舷監視員を任ぜられた。この職務に彼はすぐに慣れ、気取りのない美貌とある種おだやかな気楽さゆえに人から嫌われるということがなかった。食事仲間のうちこれほど陽気な者もなく、船員仲間で他にも強制徴用された者たちとは雲泥の差があった。というのも、強制徴用者は仕事で忙しくないとき、たとえば第二折半直のときなどに薄暮が夢心地へと誘うときなど、悲しげな気分におちいる（そしてある者は憂鬱にさえおそわれる）こともあったからだ。ただし、われらがフォアトップマンほど彼らは若くはないし、暖かい家庭の味を知る者も少なくはなく、妻や子供を安全とはいえない場所に残してきた者さえあり、親類縁者のない者などなかっただろう。ひるがえって、ビリーにとっては、間もなくわかるように、家族そのものを実質的におのが身に付与されていたのである。

2

われらが新米フォアトップマンは前甲板と砲列甲板にうまく溶け込めはしたものの、かつて商船という小さな世界の仲間内で注目されたようにはいかなかった。商船会社でしか雇われたことがなかったのだから無理もない。

彼は若かった。体格はほぼ大人並みに成長してはいたものの、容貌は実際よりも若く見えた。髭もまだ生えない顔に青年の表情が残っているせいで、ほとんど女性的といえるほど清らかな面立ちではあるものの、海に出ていたことから、白百合だとしてもかなり色はくすみ、薔薇だとしても日焼けごしではくっきり紅《あか》らむことはできなかった。

嘘で塗り固めた世界などにはとんと疎《うと》い者ゆえ、かつてのわかりやすい環境から、軍艦という大きくかつ油断のならない世界へと突然移ったことで畏縮させられたはずだ——たとえ性格のうちに自尊心だの虚栄心があったとしても。ベリポテント号には、その種々雑多な顔ぶれのうちに、階級は劣るにせよ、生来凡庸《ぼんよう》ならざる者が何人も集められていた。軍隊の規律に縛られつづけ、戦乱に繰り返しまみえることで、ある程度は身につく雰囲気があるとしたら、そういうものに著しく染まった者たちである。七十四門艦における〈ハンサム・セイラー〉としてのビリー・バッドの位置づけはといえば、田舎育ちの別嬪《べっぴん》さんが宮廷に移ってきて貴婦人と競うようなもの。だが、この変化に、彼はとんと気づかないのだった。彼の醸し出す何ものかが水兵たちのなかの一人、二人のこわもてに曖昧な笑みを浮かばせたことも、気づかなかった。その人となりが、後甲板のかなり知的な紳士方に特別の好感をもたらしたことにも、無頓着であった。それも無理からぬことである。イギリス人最良の肉体的模範といえば、サクソン族の血がノルマン族その他の雑多な血とは混ざりあわない場合だが、まさにそんな特徴をこらした鋳型に流しこまれて、その顔には穏やかで善良な性質をやどす優しい表情が浮かんでいた。ギリシャの彫刻家が自国の英雄、怪力ヘラクレスに与えることもある性質である。だがこれもまた、別の特質が染み込み、微妙に手を加えていた。耳は小さくて形がよく、土踏まずもアーチを描き、口と鼻梁《びりょう》もきれいにカーブし、鍛えた固い手はオオハシの嘴《くちばし》のような黄褐色に染まっていた。だが、何といっても豊かな表情、わざとらしくない態度と所作は、その母親が〈愛の神〉と〈美の女神〉の寵愛を受けたことをしのばせた。これらすべての血統は、不思議なことに彼の運命とは真っ向から対立するものである。その神秘性がさほど神秘的でもなくなったのは、巻き揚げ機のところにいたビリーが正式な任務へと召集されたときに明らかにされた、とある事実による。質問をした士官は小柄できびきびとした紳士で、あれこれ問いかけるうち、たまたま出生地のことにおよんだ。ビリーは答えた。「よくわからないのであります」

「生まれた場所を知らないだと？　父親は誰なのだ？」

「神のみぞ知る、であります」

この答えの真っ正直さと純真さに驚いて、士官は次に尋ねた。「おまえの生まれたときのことを何か知っているか」

「知らないのであります。ですが、自分が見つかったのは、ある朝ブリストルのとある善人の家の、扉のノッカーにきれいな絹張りをした籠がぶらさがっていて、そのなかだったと聞いております」

「見つかった、と言ったか？ ふーむ」というと士官は頭を後ろにそらし、新補充兵をなめまわすように見た。「ふーむ、かなり良いめっけものだったというわけだ。おまえのようなのがもっと見つかるといいがな。海軍はそんなやつを大いに求めておるぞ」

そう、ビリー・バッドは捨て子であり、おそらくは非嫡出子だったのだ。卑しい血筋では明らかにない。明らかに、高貴な血が純血馬のように流れていたのである。

そのほか、鋭敏さなどほとんどなく、蛇のような狡知にたけた跡など皆無、一方また鳩のように素直にもなりきっておらず、[6]ただ、まっとうな人間の自由で正直な所に見合う程度の知性はもっていた。いかがわしき知恵のリンゴはまだ差し出されていない。字は読めなかった。読めはしなかったが、歌うことはできる。そして字の読めな

6　新約聖書『マタイによる福音書』十章十六節。「わたし［イエス］があなたがた［十二使徒］をつかわすのは、羊をおおかみの中に送るようなものである。だから、へびのように賢く、はとのように素直であれ。」（日本聖書協会訳）

い夜鳴鶯《よなきうぐいす》のごとく、自分で歌う歌を作ることもあった。

自我などというものはほとんど、というかまったく持ち合わせていなかった。セント・バーナード犬にある程度、といったらいいか。

自然のままに生きるのを習いとし、陸地のことは浜辺しか知らない。いや水陸あいまみえる地球に、神のはからいでひそかに設けられたあの部分のみ、といおうか。それはダンス・ホールと売春婦たちと給仕たちの世界、要するに水夫呼ぶところの「水夫の楽園」であり、彼の素朴な性質は洗練されないままだった。上品さ――そんなでっちあげ可能なものは邪悪さと必ずしも矛盾しない――とは無縁だったのである。とはいうものの、水夫たるもの、かの楽園に足しげく通うとしたら、悪徳なしなどといえるのだろうか。否。だが、陸《おか》の男たちに比べれば、彼らのいわゆる悪徳はさほど歪んだ心とみなせるわけではない。長い禁欲生活のあと、それは悪徳というより精力絶倫というところから来るように思える。自然の法にしたがい、あっけらかんと表に出す、ということ。元々の素質に、おのれの運命が影響したこともあいまって、ビリーはさまざまな面で純正の蛮人となんら変わらなかった。ぬらりと忍び寄って甘い言葉をささやく〈蛇〉と付き合う以前のアダム、とでもいえようか。

ついでに、ここで意見させていただきたい。それは人類の〈堕落〉についての教義(いまや多くの人がおろそかにしている教義)を確証するように聞こえるかもしれないが。外側は文明の制服をまとう者が意外にもある種の純粋素朴な美徳をその性《さが》としている場合、その美徳はよくみると習慣とか伝統から来るのではなく、むしろこれらと無関係であることは注目に値する。まるで、例外的に、カインが建てた都市[7]――そして都市化した人間――に先立つ太古の昔から伝えられたかのようなのだ。そのような特質を示す人物は、純粋なる舌にのせればイチゴのように無垢なままの味わいを出し、一方文明化されきった男は、たとえ見事な血統の見本に属していてさえ、やはり純粋なる道徳の舌には、合成ワインのように怪しげな風味にすぎない。こんな原初の特質を受け継ぎ、われらの時代のキリスト教国のどこかの首都をカスパー・ハウザー[8]のごとくふらふらさまよう者のためには、善意の詩人による名高い招詞、それも二千年近く前のもので、帝政ローマのどこやら出身の愛すべき田舎者を詠った詩の呼びか

7 旧約聖書『創世記』四章十六―十七節。「人類最初の都市」、の意。
8 ドイツの孤児で、十六歳頃まで地下牢に閉じ込められ、発見後に教育を受けて言葉を話せるようになるが、ほどなく殺害される。一八一二―一八三三。

け部分などが、いまだふさわしい。

　正直にして貧しく、言葉も思いも忠実、
　汝ファビウスよ、この都会に何ゆえ来たるか[9]？

われらが〈ハンサム・セイラー〉には、よく見られるような男性的美質が多くそなわっていた。にもかかわらず、ホーソーンの小品に出てくる美女のごとく、彼には弱点がひとつあった。いや、かのホーソーンの短編小説「痣《あざ》」の女性、ジョージアナのごとく、目に見える瑕疵《かし》ではない。そうではなく、ときとして陥る発声上の問題なのである。自然が雄叫びをあげて危険を知らせるときなら、船員としてなすべきことはする。だが、強烈な刺激を突然心に受けると、その声は、通常は内なる諧調を表現すべく際立って音楽的なのに、肉体的躊躇《ちゅうちょ》をもたらすことが多かった。ありていに言えば、かなりなまでの吃音《きつおん》、それも相当にひどいものだった。この点においてこそ、ビリーは顕著な例ともなる——かの狡猾な侵入者、すなわち嫉妬に狂うエデンの園の破壊者たる蛇が、この〈地球〉という惑星にもたらされる人間という委託品ひとつひとっに今でも多少のちょっかいを出す、ということの実例だ。どんな場合でも、なんとか策を弄してこの蛇はちょっとしたカードを確実に出してくる。それは、われわれにこう思い出させるためだ――こっちにも手はできてるんだぜ、と。

この〈ハンサム・セイラー〉の弱点についてはっきり言っておくのも、彼がお決まりの主人公として描かれるわけではないこと、くわえて彼を中心にすえるこの物語がロマンスなどではないことの証拠としてである。

3

ビリー・バッドがベリポテント号に強制徴用された当時、この船は地中海艦隊に加わる途中であった。正式に合流したのはそれから間もなくのこと、艦隊の一員として、この七十四門艦はその行動に参加したのである。ただし、当時としては帆走状態にすぐれていたため、小型で高速のフリゲート艦がいないときなど、偵察艦として単独に、

9　古代ローマの警句詩人マルティアリスの『エピグラム』一巻四、一―二行。

そしてときには短からぬ期間の特別任務のために派遣された。しかし、こんなことに物語はさほど関わりをもたない。それは、この一隻の船内での出来事、そしてひとりの水夫の人生にしぼられるからだ。

一七九七年の夏のことだった。その年の四月には、英国南部スピットヘッドの地において暴動があり、ついで五月には二番目の、しかもさらに激しい暴動がテムズ河口のノア湾停泊中の艦隊内で勃発した。あとのものは、〈大反乱〉として知られている。「大」というのも誇張ではない。実際、それはイギリスにとっては脅威となる示威行動であった。同時代のフランス革命末期に設立された総裁政府による宣言の数々、そして征服し、転向を強いるための軍備に比べてさえ脅威となるものだった。大英帝国にとって、このノア湾の反乱は、いわばロンドンが大規模な放火に脅されているときに消防隊がストをするようなものである。海軍の戦列にむけて数年後に有名な指令——有事にあってイギリスはイギリス国民に期待する、というネルソンの指令——が出されるわけだが、それを大英帝国が予期してもおかしくないほどの危機にあったのだ。まさにそんなとき、母港に停泊中の幾隻もの三層船と七十四門艦——英国という、当時旧世界ではほぼ唯一自由でありつつ保守的な〈大国〉の右腕ともいうべき艦隊――にむかって何千もの水兵が押し寄せた。それも、雄叫びを上げつつ、初代英国国旗を赤く塗りつぶした旗をかかげながら。塗りつぶしたということは、堅固な法と確固たる自由を表わす御旗を、急速かつ無制限な反抗を表わすフランス革命の旗へと変えたことになる。艦隊のうちには理にかなった不満がそれまで高まっていて、そこに火がつくや理にかなわぬ燃焼へといたったのである。いまだ熱い燃え殻が、炎に包まれたフランスから英仏海峡をこえて飛び火したかのように。

この出来事が一時はディブディン[10]の熱き調子さえも皮肉へと変えてしまった。当時のヨーロッパの緊迫状況にあって、彼はイギリス政府にとって単なる三文詩人を超えた応援団であり、とりわけ「あわれなジャック」の一節である「わが人生、それは王のもの！」はイギリス水夫の愛国心をことほぐ歌詞であったというのに。

これは大英帝国海軍史に残るかくも重大なエピソードとはいえ、海軍史家は当然ながらかいつまんで語るにとどまった。そのひとり、『大英帝国海軍史』の著者ウィリアム・ジェイムズなどは、「偏りが厳密さを妨げないかぎり」省くことにやぶさかで

10　チャールズ・ディブディン。イギリスの劇作家・作詞家・音楽家。一七四五―一八一四。

ないと正直にみとめている。それゆえ、彼は語るというより、参考として挙げるのみであり、細部に関することなどほとんど触れていない。図書館に行っても、すぐに調べられるものでもない。どの時代にも、またアメリカはもちろんどの国にも降りかかることと同じく、この大反乱は、国家の威信というものが政策上の理由から歴史の背後に隠蔽しておきたい類のものである。かくも大きな出来事を無視することはできないとしても、歴史のうえでは慎重にあつかう方法があるのだ。人格者でも、家族のなかで不都合があったり、災いがあったときには口外しないとしたら、同じ状況におかれた国家が同じぐらい慎重に出ても咎《とが》められることもあるまい。

政府と首謀者たちが何度か交渉し、明らかな不正については政府がみとめたあとで、最初の蜂起――スピットヘッドにおけるもの――は困難をともないつつも鎮圧され、事態はしばらく平定される。しかし、ノア湾では、予測不能の反乱が再度勃発したのであり、それもさらに大規模なものだったゆえ、当局の求めで反乱後招集された会議では、反乱者側の要求がみとめられないばかりか、攻撃的かつ不遜《ふそん》なものと考えられた。それほど人を扇動する精神とは何かが――〈赤旗〉でも十分にはわからなかったとしたら――今度こそ示されたことになる。それでも、最終的には鎮圧された。だが、それは海兵隊にゆるぎなき忠誠心があり、また影響力ある乗組員たちがおのずと忠誠心を回復しようとしたからこそ可能だったのだ。ノア湾の反乱とは、健全なる肉体に伝染病が入りこむも、すぐに追い出されるということにある程度似ている。

いずれにしても、これら何千もの反乱者のうちには、その後ほどなくして——愛国主義か、戦うことへの衝動か、はたまたその両方にほだされて——ネルソン提督がナイルの海戦において小宝冠を、そしてトラファルガーの戦いで海軍の王冠中の王冠を授かるにあたって助力した者さえいる。反乱者にとっては、これらの戦い、とりわけトラファルガーの戦いは、まったき悪行消滅宣言、それも大いなる宣言であった。絢《けん》爛《らん》たる海軍力を見せつけ、壮麗なる軍を編成することにかけては、とりわけトラファルガーの戦いが人類史上でも抜きんでている。

4

こうして書くということにおいて、大通りに沿って歩みつづける決意はゆるがないにせよ、横道に入ることにもにわかには誘惑断ちがたいものがある。で、そんなふうに道を誤ってみようと思う。読者にお付き合いいただけるなら、喜ばしい。少なくとも、悪《あ》しざまに罪とされている――逸脱は文学的罪なのだ――そんな愉しみをお約束できるというものである。

われらの時代の発明が、海戦における変化をようやくもたらしたことについては今さら言い立てるまでもなかろう。それは、中国からヨーロッパに火薬が最初に持ちこまれ、戦争に革命的な結果をもたらしたことにも多少類似する。最初のヨーロッパの火器は扱いにくい装置で、よく知られるように多くの騎士には低劣な道具としてあしらわれ、真剣勝負で刃《やいば》と刃をかわすには臆病すぎる職工などにせいぜい向いている程度だったようだ。しかし、陸《おか》において、騎士的な武勇という概念が、もはやきらびやかなものではなくなったにせよ、騎士とともには消えなかったのと同様、海にあってもかの海軍の大物たちの崇高さは――もちろん今日そんなものがある種の仰々しい勇壮さを見せつけても時代遅れで状況の変化にそぐわないのだが――そびえ立つ木製の軍艦ともども、廃れるということはなかった。それは、オーストリアのドン・ジョン、イタリアのドーリア、オランダのヴァン・トロンプ、フランスのジャン・バー、また連綿と続くイギリスの提督たち、そして一八一二年のディケイターをはじめとするアメリカの軍人たちの崇高さのことである。

それでも、〈過去〉を過小評価することなく〈現在〉にこそ価値を置く者もいる。むろん、彼らにしても、ネルソン提督のヴィクトリー号がポーツマスに古色蒼然とさらされていることぐらいは容認するであろう。朽ちゆくとはいえ墜ちることなき名声の記念碑としてだけでなく、モニターズ号やさらに頑丈なだけのヨーロッパの装甲艦に対する詩的な叱責役——美しすぎて怖さに欠けるが——をもはたしているからだ。今風の船舶が見苦しく、古い戦艦の均整と雄姿を当然ながら欠いているという理由もあるが、また別の理由もいくつかはある。

今述べた「詩的叱責」がまったくわからなくはないものの、新たな社会秩序こそ大事で、過去はうっちゃっておきたいという者もいるかもしれないのだ。必要とあらば、それが因習打破になってもよい、と。そういった軍部の功利主義者が、〈偉大なる船員〉ネルソンの倒れた箇所を示すヴィクトリー号後甲板にはめ込まれた星印を見て黙っておられず、意見するような場合が良い例だ。ネルソン提督が戦場で派手におのが姿を見せつけたのは不必要なだけでなく、軍人らしくもない。そう、向こう見ずと虚栄の趣きばかりだ、というわけである。また、トラファルガーの戦いでは、実のところそれが死への挑戦でしかなかったとも付け加えるかもしれない。だから、死が訪れたのさ。そして、虚勢さえ張らなければ、この勝ち気の提督も戦いを生き延びていたかもしれん。そうしたら、死に際の賢明なる命令にしても次期司令官によって却下されなかったわけで、戦いに決着がついたとき、動揺する艦隊を自らの手で帰港させることができただろう。そうしておけば、戦いの嵐に続く大自然の嵐のなかで遭難して命を失うという悲しむべき損失も防ぎえたかもしれない……。

まあ、艦隊を帰港させられたかどうかは、様々な理由から相当に議論の余地があるにしても、戦争についてのベンサム的功利主義者ならば以上のことをもっともらしく主張するかもしれない。けれど、「こうだったかもしれないのに」などというのは沼地のうえに議論を立てるようなもの。そして、たしかに、対戦にそなえてしっかり準備するという、重要課題に対する予見力――コペンハーゲン海戦[11]でも、危険な方向にブイを浮かべて、周到に準備した――にかけては、このネルソンという向こう見ずで挑戦的な戦士ほど、微に入り細を穿《うが》つごとく慎重な者も多くはなかったのである。

個人としての慎重さとは、それが利己的理由からではなく発したときでさえ、軍人にとってはけっして特別な美徳でない。一方、過剰な栄誉欲であっても、誠実な義務感（いわば燃えにくい衝動）に火をつけるとしたら、それは一級品なのである。ウェリントンという名前が、もっと短いネルソンという名前ほどは血を沸き立たせないとしたら、その理由は今述べたことからも推しはかれよう。ワーテルローの勝者にささげた葬儀の詩において、詩人アルフレッド・テニスンはネルソンのことを史上最強の戦士とはあえて呼んでいない。そのかわり、同じ詩のなかで、「世界開闢《かいびゃく》以来最高の船員」と喚《よ》びかけるのである。

トラファルガーの海戦間近というとき、ネルソンは机に向かい、短い遺書をしたためた。おのれの栄えある死によって壮麗きわまりない勝利を授かると予感したのなら、どこか司祭じみた動機から、輝かしいおこないに燦然ときらめく証書でおのれを演出したことになる。もしこのように祭壇への供物《くもつ》としておのれを飾り立てたことが実際には虚飾であるというなら、叙事詩と劇などは、てらいと大言壮語ばかりが文学的に一行、また一行、と続くだけということになる。そのような詩行に、詩人は感情の高

11　一八〇一年にコペンハーゲン停泊地で、英国艦隊とデンマーク艦隊の間で行われた海戦。

まりをひたすら注ぎ込むだけだが、ネルソンのような気質の者は、機会さえあれば、それを行動へと生かすことができるのである。

5

しかり、ノア湾においても反乱が勃発したものの、抑えこまれた。だが、苦情の種がすべて取り除かれたわけではない。たとえば、軍隊への納入業者がいたる所でおこなっていたこの業種特有の慣習――安物の布地や悪くなった食糧を納めるとか、重さをごまかすとか――はもはや許されなくなったにもかかわらず、そのひとつ強制徴用は消えることなく続いていた。何世紀もの間認可され、また大法官（最近ではマンスフィールド卿）によって法的に守られてきた、艦隊へのこの人員供給方法――今や休止状態といえるまでに追い込まれたものの、正式に放棄はされていない――は、当時捨て去るとしたら、それは現実的なことではなかった。廃止していたら、必須の艦隊をそこなうことになっただろう。帆船ばかりで、蒸気船などない時代のこと、数かぎりない帆と何千門もの大砲、要するにすべては人の筋力で動かされていたのだ。艦隊は飽かず人材を求めていた。それは、激動のヨーロッパ大陸が現在、そして未来に起こす不測の事態にそなえての、全等級にわたる艦船の増強のためである。

ふたつの反乱の前にも不満はすでにあり、反乱後も目に見えないながら、火種はくすぶっていた。それゆえ、トラブルが再発するのではと危惧することも理にかなってはいた。それが散発的なものであれ、全面的なものであれ。そのような危惧のひとつの例を話そう。この物語と同じ年、ネルソン（当時は海軍少将サー・ホレイショー）がスペイン沖で艦隊とともにあったとき、提督によりキャプテン号からシーセウス号へとおのれの旗を（つまり指揮権を）移すように命じられた。理由はこうだ。シーセウス号は母港から任地へとおもむいたばかりだったが、母港であの〈大反乱〉に加わったので、船員の気分には危険が感知された。だから、ネルソンのような名将校が指揮権をもつことが必要なのだ、と。船員一同を脅して卑屈な形で従わせるのではなく、彼の存在感と英雄的人柄そのもので説諭し、忠誠を取り戻すべし。彼のような熱烈な忠誠とはいわぬ、だが真摯《しんし》な忠誠を。

かくのごとく、しばらくは、少なからぬ船で不隠な状態は存在していたのだ。海上では再発を予防するための警備体制が敷かれた。いつなんどき、武力衝突が起きるかもしれぬ。起きたときには、砲座に配置された士官たちも、砲撃手たちの背後で剣を抜いて立つ責務を負う場合もあろう、とまで思っていた。

6

しかし、かの七十四門艦のうえでは、ビリーもハンモックをのんびり揺らしているように、船員たちの態度にはほとんど、また士官連中のふるまいにもはっきりとは、この大反乱が最近起こったことを匂わせるものは見られなかった。戦艦の上級士官ともなれば、立ち居振る舞いは自然と指揮官の雰囲気を受けつぐのである。もちろん、指揮官たるもの、人格的に傑出していなければ話にならないが。

エドワード・フェアファクス・ヴィア海軍大佐・子爵（これが正式な職名）は齢四十ばかりの独身者、名だたる船員が多数輩出される時代にあっても際立った船員であった。名門貴族とのつながりはあるものの、ここまで昇りつめたのはそんな出自の全面的影響によるものではない。軍隊生活も長く、さまざまな戦闘を経験し、士官としては部下たちが快適でいられるよう常に心を配ったが、規律違反には容赦なかった。

職務の術《すべ》にとことん精通し、無鉄砲に近いぐらい大胆だが、かといって無分別というのではなかった。ロドニー提督付き副官として西インド諸島で武勲を立てたおかげで――ド・グラース艦隊への大勝利をおさめた――海軍大佐に任命された。

陸《おか》に上がり、市民の装いをすれば、誰も船員であるとはまず思うまい。とりわけ、職務以外で使う言葉を海軍用語で飾り立てなかったし、厳粛な物腰を崩さず、相手がふざけても付き合おうなどとはしない。船上でもこんな性格を保ったため、艦長としての行動が求められさえしなければ、まったく目立つことがなかった。堂々たる体格でもなく、高位の記章をぶらさげるでもないこんな紳士が、船室から甲板にあらわれ、士官たちが無言の敬意を払って風下にしりぞくのを陸の人間が目にしたら、王の客人かと見間違えるだろう。王の船に乗り込んだ市民、それも栄えあるも慎み深い外交使節が重要な地位に任ぜられるところだ、などと。だが実際は、こんな地味な様子も、決然たる性格に時としてともなう、気取りなく謙虚な男らしさから来ているのだ。ここの謙虚さは、目立った行動が求められないときに決まってあらわれるもので、どんな階級の者であっても、それが本当の貴族的な徳性というものだろう。また、世界中の軍事にたずさわる者たちと同じく、ヴィア艦長は、もちろん機に際しては実務的でありながら、時として夢見がちな気分をのぞかせることがあった。後甲板の風上舷にひとりたたずみ、片手を帆柱にあて、索漠たる海原をぼんやりと眺めたりするのだ。些細な出来事が持ちあがってその思索の流れをさえぎるときなど、少なからぬ苛立ちを見せるものの、それもすぐに抑えてしまう。

海軍では、〈星ときらめくヴィア〉という名で多くの人に親しまれていた。立派な資質をそなえながらも派手さはない人間に、なぜそのような名前がつけられたのかは、以下の事情による。ヴィアが西インド諸島航海からイギリスに戻ったとき、最初に会い、祝福したのは、お気に入りの親戚、あけっぴろげなデントン卿だった。そして、そのつい前日のこと、卿がイギリス詩人アンドリュー・マーヴェルの詩集をひもといていたとき、初めて読んだわけではないが、「アプルトン・ハウス」なる詩に釘付けになった。それはふたりに共通の祖先が持っていた荘園屋敷のひとつである。しかも、その祖先とは、十七世紀のドイツとの戦争における英雄で、その詩にはこんな数行がある——

初めからそうなる定め。

家庭という天国で、それも
　厳しい規律のもとで育まれたので――
　フェアファクス家と星ときらめくヴィア家の規律のもとで。

だから、ロドニー提督の偉大な勝利において武勲をあげたばかりの従兄弟をかき抱き、ただただおのが家系の船員への誇りにみちあふれ、高らかに叫んだのだった。「うれしいぞよ、エド、うれしいぞよ、わが星ときらめくヴィア！」。これが流布し、妙な尊称ながら身内の話題では、ベリポテント号艦長と、年上にして遠縁、たまたま海軍で似た位にあるもうひとりのヴィアと区別しやすいということになり、永久に名字にくっついたという次第である。

7

ベリポテント号の指揮官がこのあと間もなく訪れる場面で演じる役割を思えば、前章でざっと書いた彼の素描を完成させておくのもよかろう。

海軍軍人としての特性以外にも、ヴィア艦長は際立つ人柄だった。英国のあまたの名だたる船員たちとは違い、長くまた熱意をもって従軍し、めざましいまでに身を捧げながら、それがこの人物全体を吸いつくしたり、塩気まじりにしたり、ということはなかった。彼は知的なことすべてに傾倒していた。本を愛し、海に出るに際してはいつも蔵書を新たに補充していた。数は少ないながら、それらは最良の本ばかりだった。ひとりきりの余暇はやるせない場合もあり、戦時の航海中でさえそんな時間が訪れることがあるものの、ヴィア艦長は決して飽きることはなかった。内容よりも文体にひたるような文学嗜好などもちあわせず、至上の秩序をそなえたすべての真摯な精神――それも世界でも権威ある地位で活躍する者の精神――が惹かれるような本に好みは偏っていた。つまり、どんな時代であれ現実の人間と出来事を扱う本である。歴史、伝記、そしてモンテーニュのようにしきたりに囚われない作家の本。モンテーニュこそ、流行からも因習からも自由で、正直に、また良識にしたがって、現実を哲学的に考えるからである。そんな類の読書により、ヴィアはおのれのうちに蓄えた思考を確認した。この種の確認は社交のうちに求めても叶わなかったので、きわめて根源的な問題については、強い自信をおのれのうちにあれこれと築かなければならなかった。知的な部分がそこなわれないかぎり、変わることなくおのれの内にあり続けるだろうと早くから感じていた自信である。困難な時代にめぐりあわせたことを思えば、これは彼にとって役に立った。こうして築きあげられた自信とは堤防のようなもので、社会的・政治的その他についての珍奇な意見が周りからあふれてくるのを防いだからである。それは洪水となって当時の多くの人々の精神を彼方へと運びさっていたのだ――それも、彼に劣らず優れた人々の精神を、である。彼が生来属していた高貴な家系の人々は、革命派というものに怒りをおぼえていた。そんな連中の理論は特権階級への敵意に燃えているからというのが主な理由だった。一方、ヴィア艦長も革命派に反対したが、そこに偏見はなかった。彼らは永続的な組織へまとまりえないし、世界平和と人類の真の幸福に敵対しているように見えるから、というのがその理由である。

同じ地位の士官たちで、ヴィア艦長ほどの器量もなく、また熱意も劣る者たち――時としてそんな連中とも交わる必要があった――は、彼を付き合いの悪い男とみなした。無味乾燥で、本の虫のような御仁さ、と決めつけたのだ。たまたま彼が群れから離れるや、ある者がもうひとりにこう言うのだった。「ヴィアは高潔の士、星ときらめくヴィアさ、官報はサー・ホレイショー（のちにネルソン卿になった人物）と比較しているが、実体はちっとも良い船乗りでも、戦士でもない。いいか、ここだけの話、変に学者気取りの血筋があいつの身体を流れていないか？　そうさ、軍艦のロープを巻き揚げると、そこにやんごとなきひと筋の糸がまじっているみたいだぜ」

この手の陰口が出る理由もわかる。この艦長の語りは滑稽で親しみやすいようには決してならないばかりか、当時話題の人物や出来事をたとえるときに、現代はもちろん、古《いにしえ》の歴史的人物や事件をも引用してみせる癖があった。無粋な聴き手は遠い世界への言及などには（本当はどれだけ関係があろうと）まったく興味がないのだが、そんなことにヴィアは無頓着だった。何しろ、他の艦長たちの読むものときたら概して雑誌のたぐいばかりなのだから。だが、そんなことを考慮するのは、ヴィア艦長のような性格にはたやすいことではない。誠実な性格がおのれに突っ走れと指示するのである。渡り鳥が未開拓地にいたってても平気で飛びつづけるように、どこまでも行ってしまうのだった。

8

ヴィア艦長の参謀を構成する尉官たちとその他の上級士官諸氏については、ここで詳述する必要もないし、准士官の誰かれを挙げなくてもよい。けれども、下士官のひとりは――この物語にとって重要であるゆえ――ただちに紹介しておいたほうがよかろう。といって、この男の肖像を描いてみるものの、正確にできるかどうか。それはジョン・クラガートなる先任衛兵長である。だが、そんな海軍の位など、陸《おか》の者にとってはなんだかわかりにくかろう。元来、この位の役割とは兵器、すなわち長剣や短剣の指導であったことは間違いない。だが、ずいぶん昔にそんな役割も終わりを告げた。銃器が発達し、手と手同士でぶつかりあうことが稀《まれ》になり、いわば硝石と硫黄とが鉄にまさるようになったからだ。大きな軍艦の先任衛兵長とは警察署長のようなものとなり、そのさまざまな職責のなかには船員ひしめく砲列甲板下部の秩序を保つことがあった。

クラガートは三十代半ばとおぼしく、長身瘦軀《そうく》といってもいいが、それが全体にとげとげしさを与えはしなかった。手は小さすぎ、また形も良すぎて、肉体労働には不向きだった。顔は際立っている。目鼻立ちすべてが――顎以外は――くっきりとして、ギリシャのメダルの顔のようだった。ただし、顎がアメリカ先住民はショーニー族のテクムセ首長[12]のようにヒゲはないものの、奇妙に盛り上がり、広がっていて、イギリス国教会のタイタス・オーツ師を描いた版画を思わせる。チャールズ二世時代に聖職者らしい悠長さで歴史的宣誓供述をし、いわゆる〈教皇の陰謀[13]〉でペテンをはたらいた、かのオーツ師のことである。教え諭すような一瞥を投げかけるのも、仕事の役に立った。その額は骨相学的に並々ならぬ知性をあらわす類のものだった。額の一部をしなやかで黒々とした巻き毛がおおい、その下の白い肌を引き立てていた。白といっても、かすかな琥珀の影に染まり、古大理石の枯れた色合いを思わせるのだった。こんな顔立ちは、船乗り特有の赤い、というより深い赤銅色の面持ちとは著しい対照をなしていた。ある面で職務のために陽光からさえぎられた結果ではあり、不快というわけではないものの、体質と血液にどこか欠陥があり、病的であることを匂わせている。だが、全体的な外見と物腰は、海軍での役割とは相いれない教育と職歴を示していて、軍務に忙殺されないときには、社会的にも道徳的にも高貴な人物に見えた。それでも、自分なりに訳あってか、そういうことは目立たないようにしていた。以前の経歴はわからない。イギリス人かもしれない。それでいて、言葉遣いにかすかな訛りがひそみ、おそらく生まれながらのイギリス人ではなく、幼少時に帰化したことを示唆している。砲列甲板と船首楼での、ごま塩頭の船乗りどもの与太話にまじり、ひそかな噂が流れた。いわく、この先任衛兵長は詐欺師《シュヴァリエ》だったが、国王の海軍に志願した、それというのも謎めいた詐欺事件のため高等法院でとがめを受け、それを内々に済ませるためだった、というのである。この風聞を誰も裏付けられなかったのは事実だが、むろん、それがひそかに広まることは止められなかった。誰であろうと下士官についてのこんな噂が砲列甲板で起ころうものなら、この物語のあつかう時代には、軍艦のタールまみれの訳知り顔たちにとっては、まったく信憑《しんぴょう》性を欠くこととも思われなかったようだ。そして実際、かなりの教育がありながら、いい年をして海での経験なしに海軍に入り、最初は最下層の位を割り当てられていたのである。かつての陸での

12 白人による領土侵犯に対する抵抗運動の象徴的存在。一七六八?—一八一三。
13 一六七八年から一六八一年に起こった、カトリック教徒がチャールズ二世を暗殺してカトリック復活を狙ったという架空の陰謀。オーツ師が捏造《ねつぞう》し、三十五人の人々が処刑された。

生活に一言も触れるでもない。かくて、真の素性も正確にはわからないままの状況で、勝手な連中の間で良からぬ憶測が何とはなく広がったのである。

しかし、折半直《せっぱんちょく》のときの彼をめぐる噂も絶えず、それが何となくではあれ真実味をおびたのは、ここしばらく英国海軍は乗組員数を保つことについては潔癖ではいられないという事実があったからだ。それは、水兵徴募係が海と陸とを問わずどこへでも赴くことで評判を落とすのみならず、もうひとつの方法でもほとんど、いやまったく開けっぴろげだったから――ロンドン警察は勝手なことに体格のいい容疑者なら誰でも、疑わしいだけの者でさえ十把ひとからげにしょっぴいては、即決で海軍工廠《こうしょう》や艦隊へと送りこんでいたのである。さらに、志願兵のあいだでさえ、志願動機はといえば、愛国心に駆られてとか、海の生活や戦争といった冒険に意味もなくあこがれて、という風でもなかった。けちな借金の支払い不能者とか、道徳の乱れきった役立たずなどが、海軍に便利で安全な逃げ場を見つけたのである。英国海軍に入隊してしまえば、祭壇の陰で中世の罪人がぬくぬくとしていられたごとく、聖所に囲われたも同然である。こんな異例のやり方が容認されたことを、もちろん政府は当時大っぴらにしようなどとは考えなかったし、人類のうちでも影響力なき階級にかかわることなので、結局はほとんどが忘れさられるにいたった。だが、真実の色を帯びるものでもあり、ただ確証がもてないがゆえに、語ることには多少のとがめさえもおぼえるということだ。何かの本でその記述を見たことは覚えているが、題名は忘れた。だが、同じことを今から四十年以上も前に年老いた年金生活者から個人的に聞かされたことがある。士官の正装用三角帽をかぶったその男と私はグリニッジの海員病院のテラスですこぶる興味深い話をしたのである。彼はアメリカ南部はボルティモア出身の黒人で、トラファルガーの海戦の戦士だった。こんな内容である。人員不足の戦艦の場合、早く海に出ることが急務で、しかも定員不足解消のため他に良い方法がないので、刑務所から直接選んで補うのだという。すでに示した理由により、今の時代にこの申し立てが正しいかそうでないか、はっきり証明するのはむずかしい。けれども、真実であるとすれば、当時の英国は戦争また戦争に明け暮れていかに重大な危機に直面していたかということもわかる。なにしろバスティーユ陥落に始まるフランス革命後のもうもうたる騒ぎのうちから、ギリシャ神話中の貪欲な怪物ハルピュイア[14]のごとき叫びを上げ

14　ギリシャ神話中の女面鳥身の生物。

つつ起こってきた戦争である。昔を振り返り、ただ本で読むだけのわれわれにも、当時のことはある程度はっきり見えてくる。それにひきかえ、髭も白くなったわれわれのさらに祖父の世代、それも思慮に富んだ者たちにとってはもっと切実で、かつての時代精神はカモンイス描くところの〈岬の亡霊〉、すなわち海の怪物アダマスターのような一面を呈していたのだ。われわれを覆いつくす不思議かつ異常な脅威というわけである。アメリカさえもそんな不安をまぬかれなかった。ナポレオンが例を見ない征服を続けていたその絶頂期に、独立戦争の古戦場バンカーヒルで戦ったアメリカ人のなかには、大西洋でさえこのフランスの尊大な成り上がり者による究極の計略を防ぐ壁とはなりえまいと見越した者たちがいたのだ。なにせ、革命の混乱から出てきたナポレオンは、黙示録に予見された最後の審判をも成しとげるかのように映ったからである。

ただし、クラガートをめぐる砲列甲板の噂には、さほどの信用がおかれるはずもなかった。あの部署につとめるような者は船員たちの人気を集められるとも思えないからだ。くわえて、うらんだり――理由があろうとなかろうと――嫌ったりする者への悪口というものは、船員は陸の者とまったく同じで、誇張したり、潤色したりしがちである。

この先任衛兵長の入隊前の経歴について、ベリポテント号の船員たちはよく知らなかった。彗星が最初にくっきりあらわれる前にどんな軌道を取ったかなど、天文学者にもよくわからないのと同じである。海の詮索《せんさく》好きたちの判断を引き合いに出しても、彼がどのような人間的印象を見せたかというだけの話だし、そもそも人間の悪についての考えなどきわめて狭く、粗野で教育のない者たちによる印象でしかなく、けちなやくざ者を見分けられるぐらいが関の山――夜の見張りのときに揺れるハンモックの間にうごめく泥棒だとか、港にはびこる人身売買屋だの詐欺師だのといったたぐいなら分かる程度なのだ。

だが、前にもちらと述べたように、クラガートは新参者として海軍に入ったのであり、それも軍人としてはまったく誇れない部門に配属され、骨折り仕事を嬉々としてこなしたので、その部門で冷や飯をいつまでも食ってはいなかったという噂は、風聞

15　ルイス・デ・カモンイス。ポルトガルの詩人。アダマスターは喜望峰をまわる船団に出没した霊。一五二四?―一五八〇。

でなく事実だったのだ。そして、すぐれた資質をたちまち示した。酒は飲めない体質だったし、上官には取り入るような敬意を見せられたし、特異な犯人狩りの才をふとした折に示した。これらすべてが、厳格な愛国心で仕上げをされ、いきなり先任衛兵長へと抜擢《ばってき》される。

この海の警察署長にとって、船のいわゆる伍長たちは直属の部下で、しかも従順な者たちだった。もっとも、この従順さも、陸の会社にも見受けられるように、道徳的意志とはほとんど相いれないものだった。クラガートはその地位に物を言わせて目に見えない影響関係のさまざまな紐を束ね、下っぱをうまく操作しては、いわれなき不快感を平水夫の誰彼となく与えるなどたやすいことだった。

9

前檣楼《ぜんしょうろう》での生活はビリー・バッドにしっくりときていた。高い帆桁で働いていないときなど、そもそも若さと行動力ゆえに選ばれていたフォアトップマンたちは、エアリアル・クラブなる社交の場を作り、小さな補助帆を巻いたクッションにもたれ、怠惰な神々のごとくだらだらと与太話に興じ、慌ただしい下界の甲板に比べたら極楽だぜ、とばかり悦に入っていた。だから、ビリーのような気質の若者がそんな仲間に入ってとても居心地よかったのも不思議ではない。ビリーは嫌な気持ちを誰にも起こさせなかったし、いつ呼び出しがかかってもいいように注意も怠らなかった。商船の仕事でそれが身についていたのだ。けれども、そんな仕事上の几帳面《きちょうめん》さを見せられて、檣楼仲間たちはけたけたと笑うのだった。実は、ビリーの極度のかいがいしさには原因があった。舷門のところではじめて軍事折檻を見て、強烈な印象を受けていたのである。それは徴用された次の日のことである。折檻されたのは、小柄で若い見習いの船尾兵。彼が割り当ての場所にいなかったときに、船が進路を変えようとしていた。この職務怠慢が船の操作をかなり滞らせた。その操作には、とっさの機転で帆を上げ、それも敏速にやることが求められていたのだ。罪人の丸裸の背中は鞭打たれ、赤いみみずばれやもっとひどい傷で焼き網のようになった。解放されたときにも悲惨な表情をうかべ、鞭打ち人から投げつけられたウールのシャツをはおり、折檻の場所から飛び出して観衆にまぎれ込もうとするのを見たとき、ビリーは恐れおののいた。こう決心したのだ、怠慢からそのような罰を受けないようにしよう、叱責を受けるようなこともするまい、そんなことは避けよう、と。だから、些細なトラブルに巻きこまれてしまったときの驚きと心配たるや！　それは、頭陀袋のしまい方であったり、ハンモックの扱いであったり、といった些細なことについてだった。それでも船の下層甲板にいる伍長連中の監督事項で、そのうちのひとりからそれとない脅しを受けたのである。

あらゆることに細心の注意をはらうこのおれが、どうしてこんなことになるのか？　彼には理解できなかったし、大いに頭を悩ませることとなった。若いエアリアル・クラブ仲間にそのことを話したときも、不安を隠さないのを見て、本当かよ、とか、笑っちまうな、などと言われる始末。「それはおまえの頭陀袋のことだろ、ビリー」とひとりが言った。「そうさな、袋のなかに自分で入って顔だけ出したまま縫い合わせちまえよ、がき大将。そうすれば、誰がちょっかいを出してもわかるだろ」

さて、船にはひとりのベテラン船員がいた。年も年とて体力のいる仕事には向かなくなり、最近になって主檣番の仕事を与えられた。太い帆柱を囲む手摺が甲板寄りにあり、そこに巻かれた索具を管理するのである。非番のときに、われらがフォアトップマンは彼と知り合いになった。トラブルに遭った今、相談すれば彼こそは賢いやり方を伝授してくれると思い立ったのである。それは年老いたダンスカー。すなわちデンマーク人だが、長い軍人生活で英国風を身につけ、口数少なく、皺だらけで、名誉の傷跡もいくつか見られる。しおれた顔には、年季の入った色合いと染みが加わって骨董の羊皮紙のような相貌となり、弾薬の暴発による青い傷あともあちこちに点々としていた。

彼はアガメムノン号の乗組員で、この物語の二年ほど前に当時の艦長であるネルソン提督のもとに仕えていた。かの不沈艦として海軍史に残るアガメムノン号もいつしか解体され、骨組みが露出し、イギリスの版画家へイデンの版画などには偉大なる骸骨として描かれている。乗組員であったダンスカーはこめかみと頬を斜めに切りつけられ、長く青白い傷口を残した。それは暗い顔面を横切る一閃の暁光のようだ。その傷のゆえに、そしてそれを受けたといわれる戦いのゆえに——もちろん青傷の散らばる顔ゆえにも——このデンマーク人はベリポテント号の船員の間では〈硝煙の襲撃者〉という名で通っていた。

さて、イタチじみたその細い目がビリー・バッドの上にはじめて注がれたとき、内面のおごそかな喜びが古びた皺すべてをひくひくと風変わりに活気づかせた。エキセントリックで感傷なき知恵が、旧式なものとはいえ、〈ハンサム・セイラー〉のうちにある何か、それも軍艦という環境とは対照的かつ奇妙に無関係な何かを見た（と思った）からだったか？　それにしても、折にふれてビリーをひそかに熟視したあとで、この魔術師マーリン[16]の怪しげな喜びは消えていた。というのも、今や二人が出会うと、老人の顔にはいぶかるような表情が浮かびはじめたのだが、それも一瞬のことで、考え深げに何かを問うような表情に変わることもあった。その問いとは、こんな性質の男には最終的にいかなることが降りかかるのかということ——罠だらけの世界に放り込まれ、しかもその世界の狡知に対して、経験にも才覚にも欠け、素朴な勇気があるだけで、なりふり構わず身を守ろうという感覚もないのでは、無力に近い。そして、そんな人間的無垢がありえたとしても、精神的危機に陥ったとき、必ずしも知性を研ぎすましたり、意志をはたらかせたりはできまい、と。

　それはそれとして、このデンマーク人は抑え気味ながらもビリーを好きになるのである。ビリーのような性格の男についてのある種哲学的興味からだけではない。別の要因があった。この老人の風狂ぶりは熊かと思わせるときさえあって、年下の者など寄せつけない一方で、ビリーはめげることなくこの老人を老練な水夫の英雄として崇《あが》め、近づいたからである。この親愛なるアガメムノン号の男とすれちがうときは、必ず尊敬のこもった会釈をしたので、それを老人が見逃すことは――時としてどれほど気難しく、またいかに老境にあるとはいえ――滅多になかった。

この主檣番には乾いたユーモアやその他もろもろが血に流れていた。ビリーの若く筋骨隆々の姿を見て、古老ならではの皮肉がむらむらと湧いたのか、それとも別の深遠なる理由があったからか、最初のときからいつも彼を呼ぶには「ビリー」を「ベイビー」と言い換えた。このデンマーク人こそが実のところ名づけ親となって、このフォアトップマンは船中でそう呼ばれるようになったというわけだ。

さて、この皺男を探そうとビリーが不思議と手こずったのち、折半直のときに非番でひとり物思いにふけっているところをやっと見つけ出した。砲列甲板の上層に腰をおろし、偉そうに闊歩《かっぽ》する者どもを時々どこか苦々しげに見渡している。ビリーは彼に心悩ます例のことについて語り、改めてなにゆえこうなったのかと疑問を述べた。

16 ヨーロッパ中世にいたとされる、伝説上のブリテン島の魔術師。アーサー王の助言者としても知られる。

海の賢者はじっとそれを聴き、フォアトップマンの説明に皺を変な風にひきつらせ、小さなイタチ目に困ったようなかすかな光をたたえた。話し終わると、フォアトップマンは尋ねた。「さあ、ダンスカーさん、どうお思いですか？」

　老人は、防水帽のひさしを上げ、長い斜め傷が薄い頭髪に達するところをゆっくりと撫《な》でながら、手短に語った。「ベイビー・バッドよ、ジェミー・レッグズ[17]（つまり先任衛兵長）がお前を嫌っているのだ」

「ジェミー・レッグズが！」とビリーは叫び、空色の眼を見開いた。「なにゆえに？　だって、彼はぼくのことを〝やさしくて気持ちのいい若者〟と呼んでいるそうですよ」

「そうかい？」白髪まじりの男はニヤニヤ笑い、それから言った。「そう、ベイビー君、ジェミー・レッグズも物言いはやさしいのだな」

「いや、いつもそうではありません。でも、ぼくにはそうなのです。すれちがうと、いつも気持ちよく言葉をかけてくれます」

「それはな、お前を嫌っているからさ」

　こう繰り返され、しかもその言い方も独特で新米には理解不能とくれば、説明を求めていた謎と同じぐらいに、ビリーの心をかき乱した。もう少し満足のいくご託宣をビリーは引き出そうとしたのだ。けれども、この老獪《ろうかい》な海のケイローン[18]は、まあさしあたり弟子たる若きアキレスには十分言って聞かせたわい、というわけで口を閉じ、皺という皺をぐっと引きしめ、もうそれ以上相談に乗ってやろうとはしなかった。

長い年月にくわえ、上官の意志にしたがってきた賢者ならではの経験――これらすべてがダンスカーのうちに強固な皮肉癖をはぐくみ、彼の真骨頂とさせたのである。

10

その翌日のこと、ダンスカーの奇妙なひとことを、ビリー・バッドは信じていいものか迷っていたが、ある事件がそれに確信をもたらすことになる。船は正午に順風を受け、進路に沿って航海していた。ビリーは下層甲板で食事をとり、仲間と愉快に語

17 「足の痙攣」の意。
18 ギリシャ神話中の半人半馬のケンタウロス族の賢者。アキレスの教育係。

らっていたが、そのとき突然船が傾いて、スープ皿の中身すべてを清掃したての甲板にこぼしてしまったのである。そこへ、籐《とう》の杖（職務上のもの）を手にした先任衛兵長クラガートがたまたま通りかかった。スープは張り出し部分の砲座に沿ってぶちまけられ、油じみた液体がちょうど彼の行く手に流れてきた。それを踏みつけながら、クラガートは何を言うでもなく進んでいった。その場の雰囲気からは注意すべきことでもなかったがゆえに。だが、そのとき、ふと誰がそれをこぼしたかを悟った。すると、顔つきが変わった。立ち止まると、ビリーに何か早口にどなろうとしたが、思い直し、流れるスープを指さして、彼を後ろからふざけて杖でつつき、低く小気味よい声で——時々見せる特徴だ——言った。「きれいにやったな、おまえさん！　きれい《ハンサム》ということはきれいでもある！」。そう語るや、歩き去った。ビリーの気づかなかったことには、つまり視界に入らなかったことには、クラガートが訳のわからない言葉につづいて何気なくもらした笑みが、実はしかめ面だったのである。それは形のよい薄い唇の両端を無味乾燥にひしゃげさせた。しかし、その発言を誰もがユーモラスな意図からととらえた。それゆえ、上官の口から出た言葉に「歓喜をよそおって」笑うべきだということで、そのように笑った。そして、ビリーは自分のことを〈ハンサム・セイラー〉と当てこすられておそらくは面白がり、楽しげに笑いに加わった。そして、仲間に向かって叫んだ。「さあさあ、ジェミー・レッグズがおれを嫌っているなんて言ったのはどいつだ！」

「そうさ、そんなことを言ったのは誰だい、美貌君？」とドナルドなる男がやや驚いて問いかけた。それに対して、フォアトップマンはばつの悪そうな表情をしながら思い返した。おれに先任衛兵長が変な敵意をいだいているなどと煤《すす》けたような考えをほのめかしたのは唯一あの男、そう〈硝煙の襲撃者〉だ。一方、小役人クラガートは再び歩き出しながら一瞬あの苦々しい笑みを取りはずし、本心からの表情に切り替えた。おそらくは相手をすくませるような表情に。というのも、向こうから鼓手があっけらかんと浮かれ歩いてきて、偶然軽くぶつかったことが、奇妙な当惑をその表情にもたらしたからだ。杖で鋭い一打をかませ、「しっかり歩け！」と猛々しく叫んでも、変な気分はおさまらなかった。

11

先任衛兵長は何が不満だというのか？　そして、それが何かはさておき、ビリー・バッドにどのような関係があるというのか。スープ事件の前に、仕事上であれ何であれ、ビリーとは何ら特別の接触はなかったというのに？　おのれのかかえる問題が、実際かつての商船の「平和の使者」としてまず違反行為などしない者とどう関わるのか、クラガート自身の言い回しでも「やさしくて気持ちのいい若者」ではなかったか？　そう、ジェミー・レッグズはなぜ〈ハンサム・セイラー〉を（ダンスカーの表現を借りれば）「嫌う」のか？　けれども、先ほどの偶然の出会いから察しのよい者にはわかるだろうが、心の内で、そしてそれ以外のどこでもなく、彼を嫌っていた、ひそかに嫌っていた、それは確かである。

そこで、クラガートのもっと私的な経歴をでっちあげるとしたら——それもビリー・バッドに関わることながら、まったく本人は知らないことで——、何かしら物語的な出来事があり、この七十四門艦に乗り込む前の時期からこの水夫を知っていたらしい、などということになろう。そんなでっちあげは難しくもないし、いかなる謎がこの事件にひそんでいるのかを説明するには、ある意味でなかなか興味深いかもしれぬ。だが、実際にはそんな事情などはなかったのである。とはいえ、必然的に思いあたる唯一の原因は、迫真性という点で、かの小説家ラドクリフ流ロマンスのゴシック的要素に帰せられる。つまり、神秘的なるもの、『ユードルフォの秘密』の著者のような筆致をもってしてひねり出しうるものだ。[19] というのも、何が神秘的といって、心の奥底から自然にわきおこる敵意以上のものはないからだ。それはある特別な人間の心に別の人間のほんの一面が引き起こす敵意なのである。その人間がどれだけ無害であろうとも――無害さそのものが敵意を起こさせる場合は別として――関係はない。

さて、性質の異なる者同士が同席するのは苛立ちを引き起こすもので、ぎっしり人が乗り込み、しかも海に出た巨大軍艦などはその代表格である。毎日すべての階級の間で、ほとんどすべての者がほとんどすべての他人と何らかの形で交わるからだ。癪《しゃく》

19　英国のゴシック小説家アン・ラドクリフは、一七四九年にフランスの古城を舞台にした『ユードルフォの秘密』を出版した。一七六四―一八二三。

にさわる奴をまったく見ないで過ごそうとするなら、ヨナの求めたようにそいつを海に投げ入れるか、自分から海に身を投げるかしかない。[20] ましてや、聖人とは正反対の変人たちの人間関係はどうなるのかを想像してもみよ！

だが、普通の人間がクラガートをきちんと理解しようとしたら、こんな心得でも十分ではない。普通の人間がこの男の内面に行き着くには、「その間《あいだ》の死の空間」[21]を渡らねばならない。それも、搦《から》め手がもっともうまくいく。

ずいぶん昔に、私より年上の誠実な学者がある人物について——どちらももはや存命ではない——語ったことがある。そのある人物とは申し分ないほど尊敬にあたいするので、人前で悪く言われたことなどない。ただ、数名の者は彼についてこうひそひそ話をするそうだ。「そう、Xさんは女性の扇子で叩かれてもつぶれない胡桃《くるみ》のようなものだ。あんたにはわかるだろう、私は宗教組織にのめり込むような者でもなければ、どんな哲学も身体組織に組み込まれてはいない。まあ、それでも、なんとかXさんを理解しようと、彼の迷宮に入りこみ、また出て来るとする。そのとき『常識』などという手がかりだけしか使わないとしたら、迷宮からの脱出などほぼ不可能だ、少なくとも私には」

「いやあ」と私。「Xさんは、ある人にはどれほど風変わりな研究対象かもしれませんが、それでも人間です。そして、常識さえ使えば人間性についてもわかりますよね。多様な人間の、そのほとんどがわかる」

「しかり。だが、表面的な知識ではありきたりの目的にしか役立たない。それにひきかえ、もっと深いことについて言えば、世界を知ることと、人間を知ることとは、ふたつの異なる知識の枝ではないだろうか。どちらも同じ心のなかにあるが、どちらも互いがほとんど、いやまったくなくても、存在するかもしれないのだ。それどころか、平均的な人にあっては、世界といつも触れ合ううちにすぐれた心の洞察力もなまくらになってしまい。特殊な人物——悪い人物か良い人物かは問わない——に出会っても、その本質を理解することができなくなってしまう。ある重要な事件で、ひとりの少女が年取った弁護士を小指一本ほどの力で意のままに操るのを見たことがある。老いらくの恋とて溺愛したわけではない。そういったことではないのだ。ではなくて、法律

20 旧約聖書『ヨナ書』一章。神が人々への試練として海に嵐を起こしたとき、船に乗っていたヨナは自分を海に投げ入れるよう人々に言い、そのとおりにすると嵐が止んだ。

21 スコットランド詩人トマス・キャンベル作「バルト海海戦」の一節。

ほどには少女の心を知らなかったのである。法学者のコークとブラックストーンも、旧約聖書の預言者ほど心の深奥に光を投げかけることはできなかった。で、預言者たちはどんな人たちだったかって？　そのほとんどが世捨て人だ」

当時は、経験不足のため、こんな話の流れがよく見えなかった。今なら見えるかもしれない。そして、実のところ、聖書辞典がいまだに読まれていたなら、ある種の並はずれた人を規定し、名前を付けることもさほどむずかしくはなかろう。だが現状からいえば、どこから見ても聖書的要素に染まっていないような識者に頼らねばならない。

そこで、プラトンである。その定評ある英語訳に、定義集がある。プラトン自身の言ったこととされていて、そこにこんな項目がある──「〈生来の堕落〉＝生来そなわる堕落」。この定義にはカルヴァン主義の趣きがあるが、カルヴァンのいう人間全般の堕落についての教義を含むわけではなく、明らかに個人にのみ当てはまる。しかも、絞首台、いや監獄にさえ値する堕落の例は多くはない。少なくとも、堕落の顕著な例となれば、獣性の混じる卑しさなどはなく、常に知性に支配されているから、そんな例は他をあたらなければならない。文明、それも飾り気などまずないような類ならば、そんな堕落にはうってつけだ。お上品さという覆いに身を隠すことができるから。控え目な美徳さえいくつかそなえ、それがそっと助けるのだ。自分の監視下には酒類を持ちこませない、とか。悪徳はもちろん、ささいな罪さえ犯さないといっても誇張ではない。そんなものを排除するほどの驚異的な矜持があるのだ。金銭ずくであったり、貪欲であったりすることも断じてない。要するに、ここでいう堕落とは、汚《けが》れていたり、肉欲的であったりはしないのである。真面目だが、厳しすぎることもない。人類をおだてはしないものの、決して悪く言うこともない。

しかし、きわだった堕落の例のなかでも、次のことはとりわけ極端な性質を示している。むらのない気質と慎重な物腰で、理性の法にしたがう精神をもっていそうな人間が、心のうちではそんな法から完全にはずれて反抗するようなのだ。明らかに理性などとは無関係なものが、非理性的結果をもたらす巧妙な道具として、理性を使うのである。つまり、残虐放題で狂気をはらむとしか映らぬ目的を果たすために、賢明かつ健全に冷静な判断をくだすのを常とするのだ。こういった者たちは狂人なのである。しかも、もっとも危険な狂人である。というのも、その狂気は継続的ではなく、間歇《かんけつ》的なもので、しかも特別な対象によって引き起こされるからだ。普段は身を守るかのように秘密主義で、じっとしているとさえ言ってもよい。だから、さらにいえば、狂気がもっとも活発なときでも、標準的精神の持ち主には、正気と区別がつかない。ゆえに、右に示した理由により、何をたくらんでいるにせよ――たくらみはそもそも明るみに出ることはない――、その方法と手続きはいつも完璧なまでに理性的なのである。

で、そんな人間がクラガートだったというわけだ。彼のうちには悪の性質が狂おしくもそなわり、それは悪徳の鍛錬だとか、悪影響をおよぼす書物だとか、放埒《ほうらつ》な生活によって作られるのではなく、生まれながらのものであり、つまりは「生来そなわる堕落」というわけである。

これはまた謎めいた言い方だ[22]、と人はいうかもしれない。それにしても、なぜ謎めいているのか？　聖書にいう「不法な秘密の力[23]」をどことなく匂わすからか？　そうだとしても、ここでそんなことを匂わす意図などない。それでは聖書に疎い今日の多くの読者にこの物語を読むよう勧めることなどできまい。

この物語が先任衛兵長の隠された性質を語る地点に来たからこそ、この一章が必要となったわけである。あの食事時の出来事に関するヒントをもうひとつ、ふたつ付け加えれば、この話を再開しても物語自体の信憑性はとにもかくにも立証されていくであろう。

12

クラガートの見栄えがそう悪くなく、その顔が顎をのぞいては良い形をしていたことはすでに述べた。こういった美点に、自分でも無頓着ではなかったようだ。服装も小ざっぱりとしているばかりか、気も配っていたからである。その一方で、ビリーの姿は華麗であった。その顔が白皙《はくせき》クラガートの知性を欠いているとしても、同じように内から――光源こそちがえ――照らされていた。心のかがり火が頰のバラ色の日焼けを輝かせていたのだ。

このふたりの鮮やかな対照を思えば、先任衛兵長が先ほどの場面でこの水夫に「き

22　旧約聖書『詩篇』七十八篇二節。神殿音楽隊の長アサフがイスラエルの民に「いにしえからの謎」を伝えている。

23　新約聖書『テサロニケ人への第二の手紙』二章七節。神に敵対する悪の力のこと。

れいということはきれいでもある」なる金言をもってしたとき、皮肉なほのめかしを放った可能性はある。つまり、それを耳にした若い水夫たちにはわからなかったものの、ビリーへの反感を誘発したのは何だったかということ――それはこの水夫の際立った美しさである。

さて、嫉妬と反感とは、理性では調停しがたい情感であるが、体の一部がつながった双生児のチャン＆エン兄弟のごとく、実のところは合体して出てくるものかもしれない。〈嫉妬〉とは怪物だろうか？　まあ、咎を受けた者の多くは、刑罰の軽減のため、おのれのおぞましい行為について有罪をみとめるわけだが、はたして嫉妬を告白した者などいただろうか？　嫉妬にひそむ何かが、重犯罪よりも恥ずべきものとさえ世間では思われるふしがある。すべての者が自分に嫉妬心のあることなどはみとめない。それればかりか、嫉妬が知的な者の性向であるなどと真顔で言われると、善人はそれをみとめようとはしないものだ。だが、嫉妬が棲まうのは頭脳ではなく心なのだから、知的だからといって嫉妬がないという保証にはならない。とはいえ、クラガートは下劣な情念をいだくタイプではなかった。よしやビリー・バッドに嫉妬したにせよ、不安をおびた嫉妬ではなかった。若き端正なダビデに向けられたサウルの容貌を歪め、悩ませ、損なったような類とは違う。[24] クラガートの嫉妬はもっと深くえぐる。もしも、美貌で、意気軒昂で、青春を謳歌するビリーをクラガートがまぶしげに見ていたとすると、そういった美点はビリーのある気質——それにクラガートは磁力のごとく引かれた——を伴っていたからだ。つまり、純朴さゆえに、悪意をもつこともなければ、エデンの園の蛇の反射的なひと嚙みを経験したこともないような気質。クラガートにとっては、霊魂がビリーのうちに宿っていた。その神聖なるものは空色の眼からいわば窓ごしに忍び出ては、ぽっと染まった頰にえくぼを作り、節々をしなやかにし、金の巻き毛を揺らしては彼を卓越した〈ハンサム・セイラー〉に仕立てたのである。ひとりの人物をのぞいて、先任衛兵長は船でおそらくただひとり、ビリー・バッドにあらわれた驚異の心性を正しくかつ知的に評価できる人物だった。だが、そんな洞察力はビリーへの想いを強めるだけだった。それは心のうちであれこれ秘密の形を取り、あるときには冷笑的な軽蔑、つまり無垢への軽蔑という形になることもあった——

24 旧約聖書『サムエル記上』参照。初代イスラエル王のサウルは、羊飼いの少年ダビデ（のちの王）との愛憎関係にあった。

「無垢でしかないのか！」と。だが、感覚的には、その魅力、つまり怖いものなしで気ままな性質への魅力を感じていた。それを心から分かち合いたかったが、断念していたのである。

おのれのうちの生来の悪を消す力はなかったが、それを隠すことはたやすかった。善を理解することはできたが、そうなるには無力であった。クラガートのような性質にはよくあることだが、エネルギーを過充填されているのである。だから、頼れる術《すべ》といえば、わが身にひるみつつも、〈創造主〉だけにしか手に負えないサソリのように、割り当てられた役割をまっとうする以外にないのだった。

13

情念、それも底知れぬ情念というものは、おのれの役割を演じるために宮殿のごとき舞台など必要とはしない。地を這いつくばる者たち、すなわち物乞いやゴミ漁りたちの間で、底知れぬ情念の演技が繰り広げられるのだ。そして、それを盛り上げる舞台設定が、どれだけちっぽけで貧相なものだろうと、それで演技力を測ってはいけない。この物語の場合、舞台はむさくるしい砲列甲板であり、外側から盛り上げる道具のひとつが先任衛兵長の前にこぼれたスープなのである。

しかるに、べっとりとした液体が足元に流れ出してきたのを先任衛兵長が目にしたとき、こう思った——ある程度は意図的であろう——に違いない。これは偶然流れてきたものでは絶対にあるまい、おれの反感にビリーがそれなりに応えたいという感情が湧き、こっそりとあの液体を漏れ出させたのだろう。結果的には、おろかな意思表示だ。かすり傷さえ与えられない、うぶな雌牛の弱々しいひと蹴りよ。こいつが蹄鉄《ていてつ》付きの種馬ならかなりの傷を負わせられただろうが、と。それでも、雄牛クラガートの嫉妬の胆汁には、侮蔑という強酸が注入されたのである。いずれにせよ、この一件で、彼の耳に告げ口された報告が正しいと確信した。それを吹きこんだのは〈チュー助《スクィーク》〉と呼ばれる手下のずるがしこい伍長のひとり、白髪の小男だ。そんな仇名を水夫たちから頂戴したのも、きしるような声と尖った面相をして、下層甲板で規則に反する者はいないかと隅から隅まで探し回るからで、水夫たちに地下室のネズミを思わせたというわけである。

クラガートがこやつを使ったのは、フォアトップマンを困らせようと小ずるい罠をしかけるためのひそかな道具としてであった——ここまで述べてきたちゃちな迫害はどれも先任衛兵長が仕向けたのである。自分の上官はあの水夫への愛情など持ちはすまいとこの伍長は自然に結論づけ、忠実な子分だったこともあって、善良なるフォアトップマンの無邪気な浮かれ騒ぎを上官に曲解させ、それで敵意をあおることこそ自分の仕事としたのだ。また、クラガートへのあれやこれや無礼千万な悪口をでっちあげては、それをあいつがうっかり口にしたのを漏れ聞いたなどと注進するのだった。先任衛兵長はそんな報告が正しいと信じて疑わなかった。特に悪口については。先任衛兵長というものがいかに陰では不人気か、少なくとも、職務に熱心な当時の先任衛兵長がいかにそうなのかをみずからも熟知していたからである。また、水夫たちが内々で自分をどれだけひやかしているかもわかっていた。連中の間で使われるジェミー・レッグズなる仇名からは、おかしな響きの裏に、不敬と嫌悪をいだいていることが忍ばれた。だが、憎悪には貪婪《どんらん》なまでの食欲があることを思えば、クラガートの情念に食べ物を運んでやる者など実は必要ではなかったのだ。

堕落、それもかなり狡猾な類のものは、きわめつきの慎重さを常にもっている。何でも隠そうとするからであるである。傷を負う危険を嗅ぎつけるや、すべてをひた隠しに隠そうとする。そのくせ、たじろぎもせず、当てずっぽうのくせに、確信にもとづくかのような行動を取る。また、報復するにしても、受けたはずの侮辱よりはるかに大きなものへと膨らませようとする。誰でも復讐心をいだけば、法外な高利貸しとなって強制的に借金を取り立てるではないか？　それにつけても、クラガートの良心についてはどうだったのか？　良心とは人の額に似て多種多様、すべての知性には――「信じておののく」聖書中の悪霊たちとて例外ではない[25]――良心がある。だが、クラガートの良心たるや、単におのれの言いなりになる弁護士のようなもので、ささいな事柄から恐ろしい話をでっちあげ、あの時スープをこぼしたビリーには動機があったと――そしてこいつは悪口も言うのだと――弁じたてるなど、彼を責めたてる強力な論拠に仕立てたのである。いや、悪意を正当化して、いわば公正な復讐に仕立てたのだ。偽善者《パリサイ人》を喩えるなら、クラガートのような性質の人間の奥底にある秘密の部屋をうろつくガイ・フォークス[26]のようなものだ。そして、悪意に悪意を返すべきで

25　新約聖書『ヤコブの手紙』二章十九節。唯一の神を、悪霊たちでさえ恐れる、ということ。
26　一六〇五年にイングランドで発覚した火薬陰謀事件の実行責任者。一五七〇－一六〇六。

ないなどとは、彼らには思いもよらない。おそらく、先任衛兵長のビリーへのひそかな虐待は、こいつの気質をためしてやろうと始められたのだ。けれども、敵意が公的に利用できるとか、敵意を悪用すればもっともらしく自己正当化できるなどということは、ビリーには無縁のこと、悟れるすべもなかった。だからこそ、食堂での出来事は、些細なことではあったにせよ、特異な良心——クラガートにあてがわれた個人教師——にとっては願ったりであった。そして、あとは、それが新しい実験へと彼を駆り立てたとしてもおかしくはない。

14

今しがた語った事件から数日後、ある出来事がビリーを襲い、それまでに起こったいかなることより当惑する羽目になった。

緯度のわりには暖かい夜だった。そのときフォアトップマンは、本当は船の下層部で見張りをしているはずが、暑苦しいハンモックを抜け出して甲板最上部へと昇ってきていた。数百というハンモックが砲列甲板のうえにすし詰め状態で吊り下げられ、自由に揺らすことなどほとんど、いやまったくできない。ビリーは山腹の木陰にいるかのごとく、帆桁の風下で身体を横たえていた。そこは、予備の円材が山と積まれた、前檣と主檣との間で、最大のボートであるランチが格納されていた。やはり下層から上がってきた船員三名と並んで彼が眠りこけていたのは、前檣に近い帆桁の端である。フォアトップマンとしての持ち場は船首楼担当の持ち場の真上にあったので、慣例でそのあたりではくつろいでいても良いことになっていた。

すると、誰かによって半ば意識をもどされた。その男はみなの眠り具合をそれまで窺《うかが》っていたにちがいなく、ビリーの肩に触れてきたのである。そして、フォアトップマンが頭をもたげると、短い声で耳元に囁きかけた。「そっとフォアチェイン［前檣下部のロープ留め］の風下側へ行け、ビリー。何かが起こりそうなんだ。喋るなよ。急げ。あっちで会おう」。そして消えた。

ところで、ビリーは、根っから善良な人間の例にもれず、生来の善良さとは切っても切れない弱みをいくつかもっていた。そのひとつが踏ん切りの悪さだ。突如何かを提案されて――見たところ馬鹿げてもいないし、見たところ不利にはならないし、不正なものでもないとしたら――あっさり「ノー」と言いきれないところがある。人の提案に対しては冷静沈着に言葉も反応も行動も控え目にしておくことなど、熱血漢ビリーとしてはできなかった。恐怖の感覚にとぼしいのと同様、しごく真っ当なものごと以外はすばやく理解することなどまずできなかった。くわえて、今は眠気がまだもやもやと漂っていたのである。

とにかく、彼は機械的に立ち上がり、何が起きるのか、とぼんやり思いつつ、指定の場所へとおもむいた。それは高い舷墻《げんしょう》の外側の狭い平甲板（六つあるうちの一つ）で、大きな三つ目滑車と何重もの締め縄（横静索と後支索）に隠されていた。とはいえ、当時の巨大軍艦ゆえ、平甲板といっても大きな船体に比例してそれなりの広さはあった。要するに、船員のバルコニーであり、海に張り出しながら、隔離されてもいるので、ひとりの船員——非国教徒の老水夫にして生真面目な性向の持ち主——などは、昼間にここを個人的な礼拝の場にしていたほどだった。

この奥まった場所に、見知らぬ男がビリー・バッドを追ってやって来た。月はまだ昇っていない。煙霧が星影をくもらせている。この男の顔をビリーはしかとは見られなかった。それでも、輪郭と身のこなしで、ビリーには後甲板員のひとりとわかった。

「静かに、ビリー！」とこの男は言った。さっきと同じように短く、注意深い囁きだった。「おまえは強制徴用されたよな。ふん、俺もそうさ」。そこでひと呼吸、まるでその効果をきわ立たせるかのように。だが、ビリーは、それをどう取っていいのかわからず、言葉を発しなかった。すると、相手はこう言うのだった。「強制徴用されたのは俺たちだけじゃないさ、ビリー。いっぱいいるんだ。……だから……助けてくれよ……困ったときにはな」

「どういう意味だい」とビリーは迫った。今や、完全に眠気は吹き飛んでいた。

「静かに、静かに！」と切迫した囁きも、今やかすれている。「いいか」と言うや、男は夜の光のなかでかすかにきらめく二つの物体をかざした。「さあ、これはおまえのものさ、ビリー。ただし……」

だが、ビリーはそれをさえぎり、怒り心頭に発したまま物を言おうとして、吃音がなぜか邪魔をした。「う、う、うるさい、目的は何なのか、何を言いたいのかは知らないけど、自分のと、と、ところへ帰れ！」。一瞬、この男は混乱して、身動きもできなかった。すると、ビリーは男の足元に飛びつき、言った。「行こうとし、しないのなら、欄干ごしにお、おまえを放りだすぞ！」。本気だとわかると、謎の使者は逃げ出し、主檣へとむかい、帆桁の陰に消えた。

「おい、どうした？」船首楼の男のどなり声が聞こえてきた。ビリーが声を荒らげたので、甲板での眠りをさえぎられたのだ。そして、フォアトップマンが再びあらわれ、その正体がわかると、「おお、美男君、おまえか？　ふーん、何かあっただろう、お、おまえのもの言いが変だったからな」

「ああ」とビリーも話に応じた。今や吃音もおさまっていた。「われわれの縄張りに後甲板員がいたのさ。で、持ち場に戻れと命令したんだ」

「それで終わりにしたのか、フォアトップマンよ」相手はつっけんどんに尋ねた。短気な老水夫で、顔と髪はレンガ色、船首楼仲間には〈赤ピーマン〉と呼ばれていた。「そんなコソ泥野郎は、砲兵の娘とでも結婚させちまえばいいんだ！」――この表現は、大砲に縛りつけて折檻してしまえ、という意味である。

しかしながら、このちょっとした騒ぎに対する疑念に関しては、ビリーの事情説明で十分であった。というのも、全乗組員の区分でいえば、船首楼の連中は大体がベテランぞろいで、水夫ならではの偏見に凝り固まっているため、縄張りを侵す者への怒りにかけては人一倍だったからである。特に、後甲板員に対しては誰彼となく不満をいだいていた――ここは主に新米水夫の持ち場で、彼らは主帆を畳んだり、巻き揚げたりする以外はマストに昇ることもなく、たとえば綱通《つな》し針をあつかったり、三つ目滑車にロープを通すとなると箸にも棒にもかからない役立たずだからである。

15

この事件はビリー・バッドをいたく当惑させた。まったく新しい経験、生まれてはじめてのことだった。こそこそ陰謀めいたやり方で密かに近づいてくるとは。この後甲板員など、たがいに離れて配置されているため、この出会い以前はついぞ知らなかった。持ち場でいえば、片や前面の高いところ、片や甲板上でしかも尻のほうではないか。

何のつもりだったのか？　あれは本物のギニー金貨だったのか。二つのキラキラと輝く物体、あの侵犯者が眼の前につきつけたものは？　あいつは一体どこであの金貨を手に入れたのか？　予備のボタンだって海上ではそう多く手に入らないというのに。このことを熟考するほどに、疑心暗鬼になるばかりだった。何か悪いことがからむに違いないと——不十分な理解にすぎなかったが——直観的に悟り、不愉快な思いにとられた。ちょうど化学工場の臭気を突然吸いこんだ草原の駿馬が、何回も鼻を鳴らして鼻孔と肺から毒を吐き出そうとするように。こんな心境が、あの男とまた相まみえたいという欲求を締め出した。どんな意図で近づいてきたかを明らかにしたいがためだけだったが。それでいて、闇の訪問者を白日のもとで見たいという自然な好奇心がないわけでもなかった。

次の日の午後のこと、下層部での第一折半直《せっぱんちょく》のときに、その男を見つけたのである。喫煙所にあてられた上部砲列甲板の船首側でタバコをふかす一団にまじっていた。そばかすだらけの丸顔、白っぽい睫毛に縁取られた淡い青色のどんよりした眼。しかし、こういった特徴よりも、大まかな風貌と体格とでその男とわかった。それでいて、ビリーはそれが本当に奴かといわれると少々心もとないところもあった。あそこにいる同い年ぐらいの男で、あけっぴろげに談笑し、大砲に寄りかかっているあいつだろうか。優しげな若者だが、どう見ても脳天気そうではある。船員にしてはちょっと太りすぎている、後甲板員としてさえも。要するに、思い悩むなどということなどまったくなさそうな男である。とりわけ、大いなる陰謀の首謀者に不可欠の——隠された、といってもよいが——危険思想などは、こやつにはない。

ビリーは気づいていなかったが、この男は抜け目なく横目でまずビリーを見て取り、それからビリーが見つめていることを知ると、昔馴染みにするように、おおそこにいたかとばかり親しげにうなずいた。しかも、喫煙者たちとの会話を中断することさえなかった。それから一日か二日のち、砲列甲板を夜ぶらついていて偶然ビリーとすれちがいざま男は、おお友よ、とか何とか声をかけたが、予期せぬことで、またその場ではいかがわしく響いたこともあり、ビリーはばつが悪くてどう答えていいかわからず、気づかないふりをしてやりすごした。

ビリーは今やますます茫然とするのだった。空想ばかりがむなしく浮かび、それが苛立たしいほど異質に思えたので、何とか押し殺そうとしてみた。きわめて不隠な問題をはらむ事柄ゆえ、忠実なる乗組員ならばしかるべき部署に報告すべきだということは、ビリーには思いもよらなかったのだ。そして、おそらく、そんな手順が示されたとしても、密告者による汚い仕事の匂いがぷんぷんするだけだと感じて――また新参者らしい高潔さも手伝い――思いとどまったことだろう。ビリーは悩みを胸のうちにしまいこんだ。けれど、ある機会に、ほんの少しなりともビリーはぶちまけずにはいられなくなった。その相手は良きダンスカー、しかも船が凪《なぎ》にたゆたい、うららかな夜気に誘われたからであろう。ふたりはずっとおし黙ったまま、甲板に腰をおろし、頭を舷墻にもたせかけていた。それにつけても、ビリーが語ったのは出来事の一部、相手の名前さえも伏せておいた。すでに語ったようにその根拠の弱さゆえに尻込みし、誰にむかってであれ全面的に明るみに出すのがはばかられたのである。ビリーの説明を聞いて、賢人ダンスカーはそれ以上のことを見抜いたようだった。少しく物思いにふけるうち、多くの皺が寄ってひとつの点となり、時として浮かべるからかいの表情をしばらくの間かき消した。「そう言わなかったか、ベイビー・バッドよ？」

「そう、とは何ですか？」

「だから、ジェミー・レッグズはお前さんを嫌っているんだって」

「で、ジェミー・レッグズが」ビリーは驚いて言い返した。「あのいかれた後甲板員とどう関係しているんです？」

「ほーっ、では後甲板員だったのだな。猫の足、猫の足！[27]」こう叫ぶと、それが穏やかな海からちょうどその時立ち昇った微風を指していたのか、それとも後甲板員へのかすかな当てこすりだったのかはわからないが、この〝マーリン〟［58頁参照］は黒い歯で噛みタバコをぐっとひと噛み、ビリーの性急な問いが繰り返されても答えようともしない。短くもありがたき託宣を求めて不安げに糺《ただ》されたりすると、むっつりした沈黙にもどるのが習いだったから。しかも、その託宣からして必ずしもよくわからない。もっとも、デルフィの神託のごときはどこで発せられても曖昧さに包まれるものではある。

長い経験を積んだがゆえに、この老人はそんなむごいまでの慎重さで、何ごとにもわれ関せず、何の忠告も与えず、となったようだ。

16

そう、ダンスカーの簡にして要を得た意見によれば、ベリポテント号上でビリーが経験した一連の奇妙な出来事の裏には先任衛兵長がひそむということだが、この若き水夫はそれを「いつも気持ちよく言葉をかけてくれる」(ビリー自身の表現)あの人

27 「猫の足」には、「微風でできたさざ波」と、「道具として使われる人」(イソップの寓話より)の両方の意味がある。

以外の誰かのせいにするつもりだった。不思議なことである。だが、さほど不思議でないともいえる。ある事柄について、水夫というものは成熟した年代になってもうぶなままだ。それにしても、若き海ゆく人、われらが快活なフォアトップマンのごとき気質の人間は相当に子供っぽい。そしてもちろん、子供のまったき無垢などというのは空っぽの無知にすぎない。そして、無垢とは知性が増すにつれ、大体は消えゆくもの。けれども、ビリー・バッドにあっては、知性はある程度までは発達してはいたのだが、その一方で素朴なところがほとんど手つかずのまま残ったのだ。経験はたしかに師である。だが、ビリーの生きた年月ではまだ経験も小さなものだった。くわえて、悪に気づくだけの直観的な知性がない。そういう知性とは、悪い奴にあっては（さほどの悪《わる》でなくとも）経験に先立つもので、若くてもそなわっているのである。あっけらかんとそなわる場合だってある。

そして、一水夫として以上に、ビリーに人間のことがわかるとでもいうのか？　しかも、昔気質の水夫、紛うかたなき平水夫、少年のときからの水夫として、陸の人間と実際は同じ人種とはいえ、いくつかの面ではっきりと違うのだった。水夫は無手勝流、陸の人間は手練手管。水夫にとって人生とは、先を読む力を要するゲームではない。複雑なチェスのゲームでは、真っ正直に駒を動かすことなどめったになく、勝敗は搦《から》め手で決まるもの。そんなに遠回しで、退屈で、不毛なゲームなど、対戦中に燃えつきるロウソクほどの価値もありはしない。

そう、水夫という人種を分類するなら、性格からいって若者集団なのだ。逸脱行為も若者のしるしだし、とりわけビリーの時代の水夫にはそれがいえる。そして、水夫全体に当てはまることは、誰よりも若手水夫において、あれこれぴたりと当てはまる。一方で、すべての水夫が口答えせず命令にしたがうのに慣れてもいる。船上生活では水夫は外側から規制される。節度のない関係を他人ともつことなどない。そんな関係では、同等の――少なくとも表面上は同等の――条件で妨げなく自由に行動することになり、相手の表面だけの正義を見抜けるぐらいの不信感を必要とあらば見せないと、卑劣な仕打ちを食らい、痛い目に遭うのだ。不信感を抑えて、平静をよそおっているとやがてそれが習慣となり――それもビジネスマンというより、ビジネスよりも深く人間関係を築く人々、つまり地位の高い人々にとって――、挙句のはては知らず知らず他人への不信感をもつようになってしまう。そして、不信感をいだくのがおしなべてあなたがたの特徴ですね、などと言われて、ぎょっとする者もいる。

17

とはいえ、あの食事時のささやかな出来事のあと、ビリー・バッドはもはや奇妙なトラブルに巻きこまれはしなかった。ハンモックについても、頭陀袋についても、とにかく何であれ平気だったのだ。時として彼に注がれた例の微笑みと、通りすがりにかけられる陽気な言葉については、かつてほど頻繁ではなくなったものの、逆に前より目立つものになった。

にもかかわらず、今や別の意思表示があった。クラガートが目立たぬように視線を向けることがあり、第二折半直でも手もちぶさたなときなど、ビリーが上部砲列甲板を酔ってふらつきながら、通りがかりの若い連中と無駄口を交わしていると、その視線は陽気な海のヒュペリオン[28]をつけ回し、沈思と憂鬱のしみついた表情のなか、目は奇妙にも熱病初期特有の涙で満たされた。そのとき、クラガートは悲嘆の士[29]に見えたのである。そう、そして時には憂いの表情が柔和なあこがれの感じを宿している。まるで、運命に禁じられなければビリーを愛することさえできたかのように。だが、それもほんの束の間、またすぐにしかめ面へといわば悔い改められた。表情は締まり、しなびて、一瞬皺だらけの胡桃と見まごう。その一方で、フォアトップマンが自分のほうに来るのをクラガートがあらかじめ目にするときには、少し脇に寄って彼を通し、一瞬フランスの虐殺貴族ギーズ公のようにぎらりと歯をむいた皮肉っぽい表情でじっと見るのだった。だが、予期せぬ遭遇をするときはいつも、薄暗い鍛冶屋の鉄床《かなとこ》に飛び散る火花のように、赤い光が眼から閃《ひらめ》いた。そんなにも鋭く激しい光が眼球から放たれるのは不気味だった。気分が落ち着いているときには眼球は深い紫に近く、きわめて柔らかな色合いになるというのに。

眼窩《がんか》で起きるこんな気まぐれを、目線の先のビリーも時には気づいてはいたが、なにせ彼のこと、理解を超えていた。しかも、ビリーの肉体的活力だけでは、かくも繊細な精神構造――ほら、すぐそこに悪がいるぞ、とクラガートがこの愚かでうぶな男に本能的に諭してやる場合さえある――とは勝負にはならなかった。そんなときに、

28　ギリシャ神話中の神。「高みを行く者」の意で、太陽神。
29　旧約聖書『イザヤ書』五十三章三節。「キリスト」の意。

この先任衛兵長め、時々いかがわしい行動を取るな、とビリーが思っても、それだけだった。その一方で、クラガートの「ざっくばらんな雰囲気と気持ちのいい言葉」がたくらみどおりに伝わることもあった。若き水夫は「口のうますぎる男」[30]のことなど耳にしたこともないのだから。

上官の敵意をあおるようなことを何かしただろうか、言っただろうか、とフォアトップマンが思ってみたなら、ことは違っていただろう。ものを見る目も、鋭くはならないにせよ、目のなかの塵ぐらいは取り払われていただろう。実情としては、無垢がその目を曇らせていたのだ。

かくて、また別の事態に巻きこまれることになる。ふたりの下級士官がいた。兵器係と船倉長である。船の持ち場の関係上ビリーはこの二人とは接触がなく、言葉を交わしたこともなかったが、たまたま遭遇する機会があり、今や彼らが目をつけはじめた。その特別な視線からは、男たちが何かの形で買収されていること、そして自分への偏見があることは明白だった。だが、それが気にすべきことだとか、怪しむべきことだなどとは、ビリーには思いもよらない。兵器係と船倉長は——通信係や薬剤係といった同じ階級の者も——海軍の慣行上、先任衛兵長と食事をともにするので、同席者がその内緒話もよく耳にすることは、ビリーも重々承知していたはずなのだが。それでも、われらが〈ハンサム・セイラー〉は、折にふれ男らしい前向きさを示し、抗しがたく善良であるがゆえに、広く人気があった。人の癪に障るように精神的優位を示すでもなく、水夫仲間のほとんどが厚意を示したため、ビリーは心配ということをしなくなっていたのだ――先に触れたような、彼に向けられる押し黙った顔つきでさえも。そんな表情の意味を推し量るほどの理解力はなかったのである。

例の後甲板員は、すでに述べた理由により当然ながらめったに顔を見なかったが、それでも出会ったときには、こだわりなく陽気な顔をし、時にはうれしそうに言葉をひとことふたこと掛けてくることさえあった。このいかがわしき若者の最初のたくらみ――そのたくらみだって本当は別人のものかもしれないが――がどうであれ、そんな時の彼の様子からは、それを完全に捨て去ったことは確かだった。

こいつの青くさい策略（大体すべての下劣な悪党は早熟である）が今度ばかりは本

---

30 旧約聖書『箴言』二十六章二十四―二十五節。「憎む者……が声をやわらげて語っても、信じてはならない。その心に七つの憎むべきものがあるからだ」（日本聖書協会訳）

人を欺いたし、間抜けな奴とて罠にかけようとした相手に、まさにその間抜けさによって逆に屈辱と困惑を与えられたかのようだった。

だが、賢い者なら考えるだろう、この後甲板員につかつかと歩み寄り、フォアチェインであっけなく終わったあの最初の会見の目的を言え、といきなり迫ってもいいはずである。また、賢い者ならこうも考えるだろう、この船の他の強制徴用者に探りを入れて、船上での謀反のたくらみのことをあの使者が曖昧に言った理由（根拠があるとしてだが）を見つけようとするのが道理ではないか、と。だが、ビリー・バッドのような性格を正しく理解するには、単なる賢さ以上、というかむしろ賢さとは別のものがおそらく求められるのだ。

クラガートについていえば、とくと語ってきたように、この男のうちなる偏執が――実際に偏執だとしての話――意図せずほとばしるのを見せられたわけだが、普段は抑制され、また理性的な物腰に隠されて見えないのである。それは、地中の火のように、彼の奥深くを食い荒らしていった。そこから、何か重大なことが起こらないわけはなかった。

18

フォアチェインでの奇妙な会話、つまりビリーがいきなり終わらせた例の会話のあと、この物語と密接に関係することはしばらく何も起こらなかった。今から語るのは、そのあとに起きた出来事である。

すでに別のところでも言ったが、当時ジブラルタル海峡付近にいた英国艦隊ではフリゲート艦（いうまでもなくベリポテント号のクラスよりもすぐれた帆船）が不足していたので、七十四門艦ベリポテント号にもお呼びがかかることがあった。それも、偵察艦の代理としてだけでなく、別のもっと重要な任務を帯びることもあった。帆走力も同じクラスの船としては群を抜いていたが、それだけでなく、おそらくは指揮官の能力がどんな任務にもそれなりに対応できたからだと考えられた。予期せぬ困難に遭ったときには、即座に指令を出さねばならず、そんなときには操船術のあれこれに加えて、一般的な知識と能力が求められる。やはり特別な任務で遠征していたときのこと、ベリポテント号は艦隊からははるかに遠く離れていた。午後直《ごごちょく》のときに、敵艦を突如視界にとらえた。それはフリゲート艦であることがわかった。相手は人員も武力もベリポテント号がはるかにまさることを望遠鏡で見て取るや、その速力を駆使して一目散に逃げ去った。成算もないまま、第一折半直の半ば頃まで追跡は続いたが、この船はまんまと逃げおおせてしまった。

追跡をあきらめて間もなく、この出来事の興奮もいまだ完全にさめやらぬ前に、先任衛兵長は洞穴のような持ち場から昇ってきて、帽子を手に姿をあらわすと、主檣の脇でヴィア艦長の眼を惹こうと、うやうやしい恰好で待った。艦長は後甲板の風上側をひとりぽつねんと歩いていたが、追跡が失敗に終わったことにどこか苛立っていたのは疑いもない。クラガートが立った位置は、位の低い水夫が当直の士官か艦長自身と会見するための場所だった。だが、当時の平水夫や下士官が意見を聞いてもらえることはそうなかった。軍艦の習慣では、例外的な原因があったときのみそれがみとめられたのである。

この時点で、艦長が物思いにふけり、歩みを止めて船尾へときびすを返そうとすると、帽子を取ってうやうやしく謁見を求めるクラガートの存在に気づき、そちらに目をやった。言っておくが、ヴィア艦長がこの下士官をはじめて直接的に知ったのは、船がようやく母港を出たときのことだった。そのとき、クラガートは、前の先任衛兵長が負傷して下船したのに代わり、修理のため繋留されていた船からの転属でベリポテント号に乗船したのである。

気づいてほしいとばかり慇懃《いんぎん》に待っているのが誰かわかったとき、独特の表情が艦長の顔に浮かんだ。それはだしぬけに人と会ったとき、抑えきれずに顔をよぎる表情に似ていなくもない。しかも、それはたしかにその人を知ってはいるのだが、何から何まで知るほど付き合いが長いわけではなく、それでいてその顔が今はじめてぼんやりとした不快感をいだかせたという感じだった。だが、はたと止まり、いつもの司令官らしき態度を取り戻し――ただし、我慢ならないという感じを最初の言葉の抑揚にひそませたまま――、言った。「ふむ、何だね、先任衛兵長？」

クラガートは悪い知らせを伝えなければならず心を痛めている下士官、という雰囲気を作り、正直に語るために良心の決定はなされているが大げさな物言いを避ける決意もまたできているとばかりに、この呼びかけに――というか打ち明けよという命令に――はっきりとものを言った。彼が言ったことは、教育もそれなりにある男の言葉で、次のような趣旨――一語一句同じではない――であった。あの敵艦を追跡し、戦闘もあろうかと準備しているあいだ、あることを見て確信を得た。それは、少なくとも艦上のひとりの乗組員は危険人物である、ということ。なぜかといえば、最近の深刻な反乱騒ぎに加担して罪を犯した者たちばかりか、この問題の男のように英国海軍に正式入隊とは別の形で入った者たちまでも扇動しようとしているから。

ここまで来たところで、ヴィア艦長は耐えられなくなり、口をはさんだ。「はっきりと言え。強制徴用の者たち、と」

クラガートは、ごもっとも、とでもいうような身振りで、続けた。ごく最近、砲列甲板で問題の船員が何かしら扇動するような動きがあるのではとにらんでいた。だが、自分の疑惑がはっきりしないかぎり報告することは許されないと思っている。それでも、この午後にくだんの男を観察したことから察するに、秘密の計略が進行中であるという疑いは確信からそう遠くないところまで来た。そこで(と彼は付け足した)、破局が起こりうるという報告を統括者にすべき重い責任がある、と深く感じた。くわえて、これは海軍司令官なら当然感じるはずの危惧を強めていただきたいという気配りでもある。とりわけ、最近のかくもはなはだしき暴動——名前を挙げる必要はありますまい——に鑑《かんが》みては、と彼は悲しげに言った。

さて、この事態をはじめて切り出されて、ヴィア艦長は驚き、動揺を完全には隠しきれなかった。だが、クラガートが話しつづけるうち、艦長の容貌には、この男が証言する態度のせいで苛立ちがあらわれた。それでも、話をさえぎるのは控えた。すると、クラガートは続けて、こう結論づけるのだった。「閣下、ベリポテント号があんな経験をするなど断じてあっては……」

「そんなことを気にすることはない！」艦長がうむを言わせず話の腰を折ると、その顔は怒りに取って代わられた。クラガートが挙げようとした船の名前を直観的に見抜いたのである。その船ではノア湾の反乱がきわめて悲劇的な様相を見せ、一時その指揮官の命も危ぶまれていたのだ。こんな事情ゆえ、わざとらしい当てこすりに憤然としたわけである。上級士官たちでさえ艦隊に起きた最近の不祥事に言及するときはいつも細心の注意をはらっているというのに、下士官が不必要に艦長の前でそれに触れるとは、なんと不謹慎で厚かましいことか。さらに、艦長の感じやすい自尊心にとって、これでは下士官の分際で警鐘を鳴らそうとしていることになるとも思えた。驚きはそれだけではなかった。気がつくかぎりでは職務を如才なくこなしていた男が、今回のことには何の配慮も見せないとは。

その一方で、彼の心をよぎったこんな漠たる思いも、突如として当てずっぽうのように感じられてきた。それはまだもやもやとしていたものの、悪い知らせを受ける衝撃をしっかりやわらげてくれることになった。もちろん、すべての現実模様と同じで、砲列甲板上の現実も込み入っていて、やれ秘密の地下坑道があるなどといったいかがわしい話や、乗組員の誰も信じない話がある。そういったすべてに知悉《ちしつ》している自信から、ヴィア艦長は部下の報告に流れる気分に不当に惑わされない心構えはしていたのである。

さらに、最近の出来事に鑑みて、反乱が繰り返される歴然たる兆候が最初に見えたらすぐに行動を起こさねばならないとしても、だからといって必要以上に熱心に通報者を信じれば、反乱につながる不満が残っていることをみとめることになり、それも賢明ではあるまい。その通報者がたとえ自分の部下で、さらには何を措いても乗組員の監視に責任をもつ者であったとしても。こんな感情に支配されたのも、以前にクラガートが熱烈な愛国心を公の場で示したが、変に魂がこもってわざとらしく見えたために、いささか苛立っていたからである。くわえるに、クラガートが縷々《るる》語るときの落ち着きはらって何だかこれ見よがしな態度が、不思議とある軍楽隊員を思い出させたのだ。それは陸上の軍法会議で重罪事件において偽証をした軍人で、そのとき士官として彼（ヴィア艦長）も同席していたのである。

さて、クラガートが言いつのろうとするのを断固たる態度で中断させるや、すぐにこう続けた。「少なくとも危険人物が船上にひとりいると言ったな。名前を挙げよ」

「フォアトップマンのウィリアム・バッドです、閣下」

「ウィリアム・バッド！」ヴィア艦長は偽らざる驚きをこめてオウム返しに言った。「ラトクリフ海尉がつい最近商船から徴用したあの男のことか、船員たちに人気のあるらしいあの若者か――みんなが〈ハンサム・セイラー〉ビリーと呼ぶ男のことか？」

「あの男です、閣下。若くて見栄えもいいですが、不可解なやつでして。わざと乗組船員仲間の善意に取り入るんです。そうしておけば、困ったときなど少なくとも連中は――いや乗組員すべてが――あいつのことをなんとしてもかばうことでしょう、危険におちいったときなどいつでも。ラトクリフ海尉が閣下にあの機転のきいた振る舞いのことをおっしゃいませんでしたか、バッドが連れて来られるとき、商船の船尾の下、つまりは小艇の船首で飛び上がったことを。ああいう陽気な雰囲気の裏に隠されているのは、強制徴用への根深い怒りなんです。閣下は頬を染めたところばかりご覧になっておられますが、赤く色づいたヒナギクの花の下にも罠がひそむやもしれません」

このように、船員たちの花形〈ハンサム・セイラー〉は当然とはいえ初めから艦長の注意を惹いてはいたのだ。部下の士官たちには目立った素振りは概して見せなかったが、ラトクリフ海尉には、ヒト属《ゲヌス・ホモ》のうちでもかくも立派な標本——裸になれば〈堕落〉以前の若きアダムの彫像としてポーズを取れたかもしれない——に幸運にも目を留めたことを祝福していたのである。ビリーがライツ・オブ・マン号に別れを告げた例のしぐさについても、海尉は実は艦長に報告済みであったが、控え目に、むしろ美談として伝えていた。ヴィア艦長も、それを気のきいた皮肉だと誤解しながらも、無理やり徴用されたこの男をかえって高く評価していた。海軍の一員として、勝手に入隊させられたことを陽気で賢明に受け取った気概やよし、と思ったのだ。フォアトップマンの勤めも、艦長の目に映ったかぎりでは、うれしき前兆と最初に思ったことが、確信に変わった。この新入りには「真の水夫」としての資質がありそうだったので、もっと目の届く地位へと昇進させることを副艦長に提案しようとさえ考えていたのである。すなわち、後檣楼の長という地位で、現在の担当がもう若くない男ゆえに不適格と思われるため、右舷監視要員に回すつもりでいたのだ。ここで付け加えるなら、後檣楼員は、主檣や前檣の下ほど重くまた幅広い帆布をあつかう必要がないので、若者で、もし適性があれば職務にうってつけなだけでなく、実際に後檣楼の長に選ばれることもよくあったのだ。その下には器用な連中、それも若者がしばしば配置された。要するに、ヴィア艦長は最初からビリー・バッドを当時の海事用語でいえば「王の掘り出し品」と定めていたのである。つまり、国王陛下の海軍にとっては少ない経費（または無料）での投資であった。

つかの間会話がとぎれると、今述べたような回想がいきいきと心をよぎり、先ほどの「ヒナギクの花の下の罠」という言いまわしにこめられたクラガートの意図をおもんぱかってみた。考えれば考えるほど、この通報者が誠意なき者と感じられてきて、ふいに彼に向き直り、低い声で問いただした。「先任衛兵長よ、そんな雲をつかむような話で私のところに来たのか。バッドについては、あいつのどんな行為だの言葉だのがおまえの告発そのものを裏付けるのか、挙げてみよ。動くでないぞ」というと、ぐっとにじり寄り、「言葉に気をつけろ。さあいいか、このような件で偽証をすると、帆桁の端で吊るし首だぞ」
「ああ、閣下」とクラガートは溜め息をつき、形の良い頭《こうべ》を軽く振り、そんな厳しさは割に合わないとばかりに悲しく異をとなえてみせるのだった。それから、頭をつと上げ、高潔なる自己主張をするかのように身を起こし、根拠となるビリーの言葉と行動をつまびらかにした。それをまとめれば——信用できるとしての話だが——ビリーに死罪をもたらすような推定に達するとのことだった。そして、こうした事実を主張するための裏付けとなる証拠も近々手に入る旨、付け加えた。

不信に苛立つ灰色の目で、ヴィア艦長はクラガートの沈着なスミレ色の瞳の奥底まで探ろうと、最後まで聴いた。それから、一瞬物思いにふけった。そんな風情に、クラガートは——相手の詮索からしばらく解放されて——複雑な表情を見せたままじっと注意を向けた。おのれの策略がどうはたらいたかに興味津々な表情である。ヤコブの嫉妬深き子ら[31]もそんな顔をしていただろう——若きヨセフの血に染まった上着を族長たる父に騙して見せつけ、嘆かせたのだから。

ヴィア艦長の精神性たるや比類なきものだったゆえ、同僚と真剣に向き合うなか、相手の本質を測るには真の試金石となることができた。だが、今やクラガートとその真情について、直観的には確信が得られず、何だかわからないまま強い疑惑にいだかれていた。困惑していたものの、それはクラガートがはっきり述べ立てた密告相手のビリーについてのことではなく、密告者についてどんな行動を取るのが最善か、ということに由来していた。実際、最初は当然ながら、クラガートは申し立ての証拠は手の届くところにあると言ったのだから、それを要求するつもりだった。だが、そんなことをすれば、事態はすぐに外部に漏れる結果となり、考えてみれば今の段階では乗組員仲間に望ましからぬ影響を与えることにもなりかねない。もしクラガートが偽証しているとしたら――それで一件落着。それゆえ、告発について調べる前に、まず実際やるべきは被告発人を検証することではないか。そして、ヴィア艦長はそれならばそっと目立たぬようにやれる、と考えたのだ。

彼が決めた方法には、場所を変えることも含まれていた。広い後甲板よりも、人目につきにくい場所へ移ること。もちろん、ヴィア艦長が風上舷を歩きはじめるや、そ

31　旧約聖書『創世記』三十七章三十一―三十二節。ヨセフはヤコブの十二番目の子として偏愛されたため、兄たちにねたまれ、商人に売られてしまう。それを隠すため、兄たちはヨセフの服に羊の血を付け、父に見せてヨセフは死んだと偽った。

こにいた数名の下級士官は海軍のエチケットをきっちり守って風下に引っこんでいたし、クラガートとの対話のさなかも将校たちは距離をせばめようとはしなかった。面談の最後までヴィア艦長の声は上ずることはなかったし、クラガートの声も透きとおってはいたが低く、寄せくる波の音が手伝って士官たちにはよけい聞こえにくくなっていた。だがそれでも、面談が続くうち、はるか上の檣楼員、そして中央部やさらに前方の船員たちの耳目をすでに集めはじめていたのである。

やり方を決めたあとで、ヴィア艦長はただちに行動を起こした。いきなりクラガートのほうを向いて尋ねた。「先任衛兵長、現在バッドは上で監視中か？」

「いいえ、閣下」

そう聞くや、「ウィルクス君！」と手近にいた士官候補生を呼びつけた。「アルバートに私のところに来るよう言ってくれ」。アルバートは艦長の〈ハンモック・ボーイ〉、つまり船の召使いといったところで、慎重かつ忠実、主人の信用を得ている。この男があらわれた。

「フォアトップマンのバッドを知っているか？」

「知っております」

「行って探してこい。今は非番なのだ。誰にも聞かれないように言え、船尾に来るようにと。誰にも口外しないようおまえが図れ。おまえとだけ話すように。そして、船尾に行くまでずっと、出頭場所が艦長室だなどとは言うでないぞ。わかったか。では、行け。先任衛兵長、君は下の甲板に来てくれ。そして、アルバートとともにあの水夫が来るころだと思ったら、ひそかに待ちぶせて、彼らとともに入って来るように」

19

さて、フォアトップマンは艦長室に入り、艦長とクラガートとともにいわば閉じ込められた状態であることがわかるとかなり驚いた。だが、その驚きには不安や不信はともなわなかった。うぶな性格、根っから正直で心優しいため、危険らしきものが迫ってくると思っても、同僚からとなれば、ピンとはこない。うら若き水夫の心に去来したのはこんなことだ——そうさ、いつも思っていたけど、艦長はぼくをやさしく見てくれる。ひょっとしてぼくを艇長に任命してくれるのかな。それで、先任衛兵長にぼくのことを尋ねようというのかもしれない。

「見張り番、ドアを閉めなさい」艦長は言った。「外に立って、誰も入れてはならない。……では、先任衛兵長、私に話したとおり、この男に面と向かって話すがよい」そう言うと、相対する二人の顔を検分できる態勢に入った。

痙攣の徴候をしめしはじめた患者を診ようと廊下を進む救護院の医者よろしく、測ったような足取り、そして冷静沈着な物腰で、クラガートはビリーの間近まで進み、眩惑《げんわく》するような面持ちでその目を見つめると、告発の言葉を手短に述べた。

最初、ビリーには何のことかわからなかった。だが、わかったとき、頬の紅色が重病に冒されたごとく白くなった。さるぐつわをかまされ手も足も出ない者のように立ちつくした。一方、告発者の目は、青く見開いたビリーの目から離れないまま、劇的な変化をとげている。いつもの濃いスミレ色はみるみる曇り、濁った紫色となったのだ。瞳に宿る知性の光は人間性を失い、深海にいる未分類の生物にそなわる異形の目から放たれるように冷え冷えとしていた。最初の眩惑的なまなざしが蛇の誘惑だとしたら、最後の一瞥はシビレエイが獲物を麻痺させようと潜んでいるかのようだ。

「喋りたまえ、君！」とヴィア艦長は、立ちつくす男に言った。クラガートの顔つきよりもビリーの顔つきに衝撃を受けたのである。「喋りたまえ！　弁解しなさい！」。

この求めにビリーは不思議と言葉を失い、ただごぼごぼという音を発するだけだった。告発により、経験とぼしき青年に突如衝撃がもたらされたのだ。そのことと、おそらくは告発者の目に対する恐怖が、ビリーの隠されていた弱点を引き出し、この場合はそれを少しの間強め、身もだえるような沈黙をもたらしたのかもしれない。喋り、弁解せよという命令に懸命に従おうとするも上手くいかずに苦悩して頭は混乱し、身体全体は緊張して、咎を受けたヴェスタの処女、永遠の貞潔を誓ったあの処女のひとりにも似た表情が顔に出た――生きながら葬られ、まずは窒息するまいともがいたあの表情である。

このとき、ビリーが言語的困難に陥りやすいことを知らないヴィア艦長は事《こと》をただちに見抜いた。というのも、ビリーの表情からありありと思い出したからだった――かつて頭の切れる若い学友が同じように言語能力を破綻させたのを見て驚いたことを。それも、教師の質問にクラス中でわれ先に応えようとして、すっくと立ち上がったときのことである。若い水夫に近づき、なだめるように肩に手を置くと、ヴィアは言った。「君、急がなくてもよいぞ。ゆっくりとな、さあゆっくりと」。落ち着かせようという意図とは裏腹に、父親のような調子で語られたこの言葉が、その実ビリーの心を揺さぶったことは間違いなく、急ぐよう促されたかのごとく激しく何か言おうとして——すぐにその努力は麻痺を一時《いっとき》助長させる結果となり、苦難の表情がありありと顔に浮かんだ。次の瞬間、夜に大砲を発射したときの炎のごとくビリーの右腕が閃いて突き出されたかと思うと、クラガートは床に倒れこんだ。意図的だったか、それとも単にこの若きスポーツマンの身体的優位のせいか、一撃は額——先任衛兵長を知的に見せる形の良い部位——に最大級の効果をもたらした。その結果、まっすぐ立てた重い板が傾いて倒れるように、身体は頭からどうと倒れた。一瞬の間喘いだのち、動かなくなった。

「おまえの運は尽きた」ヴィア艦長は吐き出すように言ったが、その低い調子はほとんど囁きに近かった。「何ということをしてくれたのだ！　とにかく、さあ、手を貸してくれ」

二人は倒れた男を臀部から起こし、座った姿勢にした。やせた身体はそうされるに任せていたが、またぐったりとなった。まるで死んだ蛇を扱っているようなものだ。二人はもう一度男の身体を横たえた。再びすっくと立つと、ヴィア艦長は片手で顔をおおいながら、足元の「物体」と同じく、無感覚になったようだった。この出来事は一体どんな結果をもたらすのか、そして今だけでなく、続いてなしうる最良のことは何か、などと判断するのに心を奪われていたのであろうか？　ゆっくりと彼は手で顔を覆うのをやめた。まるで、月食が終わると、隠れたときとはまったく違う相貌で月が再登場するかのように。この場で彼の内なる父親的なものが今まではビリーに向けられていたが、それも軍隊の規律を守る者に取って代わられていた。職務口調で、彼はフォアトップマンに（指でさして）後部の個室に下がり、召喚されるまでそこにとどまるよう命じた。この指令に、ビリーは黙って機械的にしたがった。それから、ヴィア艦長は後甲板に開かれた船室のドアまで行き、外の見張り番にこう告げるのだった。「アルバートをよこすよう誰かに言ってくれ」。アルバートがあらわれると、艦長は倒れている男が見えないようにと気を配った。「アルバート」と艦長。「軍医に会いたいと伝えてくれ。呼ばれるまで、お前は来る必要はない」

軍医が入ってきたとき――重苦しいほどに冷静で経験もあり、何ものにも動じないような人物だ――ヴィア艦長は歩み寄って出迎えた。それにより、無意識にクラガートへの視線を遮ったのであり、また相手がよくやる形式的な挨拶を中断させもしたのである。そして、「さあさあ、あちらの男がどのような具合だか教えてくれたまえ」

そう言うと、横たわる人物のほうへ注意を向けた。

軍医は一目見て、その沈着さをもってしても唐突に明るみに出された事態に仰天した。クラガートのいつもの蒼白な顔のうえには、どす黒い血が今や鼻孔と耳から流れ出していた。診る者の職業的な目に映ったのは、これが生者ではないことに間違いはなかったということである。

「じゃあ、そうなのだな?」とヴィア艦長は言い、じっと軍医を見つめた。「そうだと思った。それでも、確認してくれ」。その結果、通常の検診が行われ、軍医の所見は正しいことがわかった。すると軍医は憂慮を隠すことなく、きびしくただすような視線を上司に投げかけた。しかし、ヴィア艦長は、片手を眉に置き、微動だにせず立っている。と突然、軍医の腕をむんずと掴《つか》むや、死体を指さして叫んだ。「神の御前で嘘をついたアナニヤへの神の審判だ![32] 見よ!」

この慎重なる軍医は、ベリポテント号の艦長のかつて見たことのないほど興奮した様子に心乱され、事態にはまったく疎《うと》いまま、それでも平静を保っていたが、やがてこの悲劇を招いたのは何かということを真剣に訝《いぶか》るさまを再び見せた。

だが、ヴィア艦長は今なお不動のまま、物思いにふけっていた。再び動き出すと、激してこう叫んだ。「神の天使に打たれて死んだのだ！　それでも、天使は吊るし首にせねばならん」

こんな激情が不意にあらわれても、いきさつを知らぬ聴き手には支離滅裂なだけなので、軍医はひどく不安になった。しかし、今や我に返ったヴィア艦長は感情を抑えつつあの出来事にいたる状況を手短に語った。そして、「それにしても、いいか、急がねばならん」と付け加える。「あの男（つまり死体のこと）を動かすのを手伝ってくれ。あちらの分室へだ」。フォアトップマンが監禁されている部屋の向かいを指定したのである。新たな秘密を重ねるごとき摩訶不思議な要請に困惑させられたものの、部下にとってはしたがうほかなかった。

「さあ、行け」とヴィア艦長はいつもの口調で言った。「さあ、行くのだ。私は今、臨時法廷を召集する。士官たちにこの事件を告げてくれ。そして、モーダント君（つまり海兵隊長のこと）にもだ。そして、このことを口外しないよう、全員に命令して

32　新約聖書『使徒行伝』五章三―五節。アナニヤは資産を売った代金をごまかして一部だけイエスの使徒たちの所に持ってきたので、神の怒りを買い、死ぬ羽目になった。

くれ」

20

不安と危惧でいっぱいのまま、軍医は船室をあとにした。ヴィア艦長は気持ちが揺れているのだろうか、それとも、奇妙で異常な悲劇のために、ほんの一時的に興奮しているのだろうか。臨時法廷については、軍医は少なくとも得策ではないと感じた。とにかく、ビリー・バッドを拘束し、慣例の示すところにしたがい、それ以後の措置は延期すべきではないか。かくも尋常ならざる事件ならば、艦隊に復帰したところで提督に注進したほうがよいのでは。ヴィア艦長の常ならぬ乱心と興奮しきった叫び、通常の態度とあんなにもかけ離れた様子がまたよみがえる。狂ったのか？

そうだとしても立証不可能だ。で、おれはどうしたらいいのか？　なぜなら、知性はさほど損なわれてはいなさそうだが、どうも精神に異常をきたした疑いのある艦長に仕える士官の状況として、これよりも大きな試練は考えられまい。艦長の命令に意見することは不遜《ふそん》。艦長に逆らうことは反乱。

ヴィア艦長にしたがい、軍医はことの次第を士官と海兵隊長には伝えたが、艦長の状態については口をつぐんだ。彼らは軍医の驚くべき報告と懸念を理解してくれた。軍医同様、このような事態は提督に注進すべきであると思ったようだ。

21

虹のなかで、どこでスミレ色が終わり、どこでオレンジ色が始まるか、線を引くことのできる者がいようか？　色の違いははっきりとわかるとしても、ある色が正確にはどこから隣の色に混ざるというのか？　正気と狂気も同じことである。はっきりとした症例ならば、問題はない。だが、狂気と仮定されるだけで、症状があやふやでさまざまな程度を示すとなれば、正確に区分けをできる医者も少ないであろう。もっとも、診療代金が高額とくれば、専門医ならば請け負うだろうが。名前を出すのははばかられるが、金のためならばやろう、引き受けよう、という連中はいるものだ。

ヴィア艦長が本当に錯乱の犠牲者となったかどうかは、軍医でさえ職務上も個人的にも推測に委ねてしまったほどなので、読者諸氏もこの物語の投げかける光によってそれぞれ決めていただくほかはない。

ここまで語ってきた不幸な出来事がこれ以上ないほど悪い情勢下で起きたということは、遺憾ながら事実だ。暴動が鎮められた直後ということで、海軍当局は危急存亡の時を迎えたわけだし、英国海軍の司令官ひとりひとりに、すぐには浸透しにくい二つの質が求められた――すなわち慎重さと厳格さである。くわえて、この事件にはきわめて重要な問題があった。

ベリポテント号上の出来事に先立つ英国海軍の状況、そしてそれに伴う状況もころころと変わったがゆえに、そして正式に裁くための軍事規範に照らしてみても、クラガートとビリーの体現していた邪悪と無垢とは結果的に逆転してしまったのである。法的な見方をすれば、悲劇の犠牲者は明らかに、罪なき人間を陥《おとしい》れようとした男だからである。一方、この罪なき人間による議論の余地なき行為は、海軍の視点で考えれば、軍事犯罪としてはもっとも凶悪なものとなる。だが、それだけではない。この件において本当の正と不正は明白だろうから、それだけに忠実なる海の司令官にとっては責任上よけい具合が悪い。そんな素朴な基準にもとづいて事を決定する権限などないからである。

とするなら、ベリポテント号艦長が、普段から速断のできる人間だったから、どのように事を進めるべきか決められるまでは、迅速さはもちろん慎重さも必要と感じたのも不思議ではない。細部にわたる注意も必要だ。それだけではない。詰めのやり方が定まるときまでは、状況すべてを見わたすに、公に知られることはできるだけ防ぐほうが賢明であると思った。これについては、誤ったかもしれないし、そうでないかもしれない。しかし、それに続いて下級士官室や船室での秘密の会合（それも、ひとつやふたつではない）でも、彼が士官から少なからず非難を受けたことは確かだ。その事実は、友人たちからは――そしてとりわけ従兄弟のジャック・デントンからは激しい調子で――〈星ときらめくヴィア〉への職業的やっかみから来たものだろうと言われた。だが、不当な非難だとしても、そんなふうに想像する根拠はある。この事態を隠密にとどめておくこと、その情報すべてをしばらくは殺人の起こった場所、つまり後甲板の船室に封印しておくこと。こんな具体的指示に潜むものは、宮廷での悲劇の数々――帝政ロシアの創立者、野人ピョートル大帝の建てた首都で一度ならず起こった悲劇にあたっての方策に似ているからなのだ。

事件は実際にはベリポテント号艦長がいかなる措置であれ延期したいと望むような

ものだった。フォアトップマンは容疑者として密かに監視しておき、船が艦隊に合流したら、事態を提督の裁定にゆだねればいいではないか。

だが、真の軍士官とはあるところでは真の修道士のようなもの。自己放棄によって、後者は修道会の規律遵守への誓願を守れるし、前者は軍務忠誠への誓願を守れるのである。

フォアトップマンのおこないに対してすみやかな行動を取らなければ、砲列甲板にもたちまち知られ、乗組員のあいだでノア湾反乱のやけぼっくいにまたぞろ火がつくと感じられたがゆえに、この事件の緊急性はヴィア艦長をして他のどんな考えも却下せしめた。一方で、彼は規律遵守の人ではあっても、権威のためだけの権威を愛したりはしなかった。道徳的責任にともなう危険は自分ひとりで背負いこみ、しかもそんな機会に乗じるつもりなど露ほどもなかったのである。少なくとも、事態を上官に正しく報告すべきだし、同じ地位の者、いや下士官とでもよいが共有すべきではないか。そう考えると、事態をおのれの士官たちから成る略式の法廷にゆずっても、慣例となんら矛盾するところはないとわかり、ヴィアはほっとした。最終責任は自分にかかるのだから、裁判を監督してゆく権利、つまり必要に応じて公式にでも非公式にでも介入する権利をおのれが保有していればいい。これにしたがって、臨時法廷がたちどころに召集され、艦長みずから構成員を選んだ――副艦長、海兵隊長、そして航海長である。

一水夫についての事件で、海兵隊の士官を副艦長と航海長にまじえたことで、艦長は慣例から外れたかもしれない。こんな状況に急かされたためか、彼はこの士官ならば思慮分別に富み、これまでの経験にないほど困難な事件でも取り組めないことはない人物と思ったのである。しかし、この男についても、隠れた不安がないことはなかった。というのも、きわめつきの好漢で、快眠、快食、かなりの太りじし、戦闘においては男らしさを常に保つものの、これほどまでの悲劇にともなう道徳的ジレンマにあっては全幅の信頼がおけるかどうかはわからないからである。副艦長と航海長については、誠実な人柄で、戦闘のさいにも勇敢であることは立証済みだが、その知性となると操船についての実務と戦闘の要請するところに限られてしまうことに、ヴィア艦長が気がつかないわけがない。

法廷が開かれたのは、不幸な事件が起きたあの船室においてだった。この司令官の船室は船尾楼甲板の下全体を占めていた。船尾にむかってそれぞれの側には小さな個室があり、一方は現在一時的に拘置室、もう一方は死体仮置き場、そしてもうひとつ小さく仕切られた分室があり、それらに囲まれた空間は船首へと広がるかなり大きな長方形をしていて、船の梁《はり》の長さと一致している。そこそこの広さの天窓が頭上にあり、長方形の空間の両側には窓枠付きの舷窓があり、銃身の短いカロネード砲を打つときなどは簡単に銃眼へと変えられるのだった。

すべてはあっという間に整い、ビリー・バッドが召喚された。ヴィア艦長はこの事件の唯一の証人として当然ながら出廷し、この場かぎり上官という地位を下げたが、何だか一見些細なことで地位を保った。つまり、船の風上から証言をし、そのため他の者たちは風下に座らされることになったからだ。破局にいたる経過の全容を手短に語り、クラガートの告発も何ひとつ省くことなく、容疑者がそれを受け止めた態度についても宣誓証言した。この証言で、三人の士官は少なからず驚きの目でビリー・バッドを見た。クラガートの申し立てたように反乱を意図したことについても、彼が犯した否定できない行為についても、容疑ありとはとても思えなかったからである。副艦長は、裁判上の特権を使い、容疑者にむかって問うた。「ヴィア艦長は話を終えられた。ヴィア艦長の言われたとおりか、そうでないのか？」

答えとして返ってきた語調は、予想されたほどおぼつかなくはなかった。「ヴィア艦長は真実を語られています。ヴィア艦長のおっしゃるとおりですが、先任衛兵長の言われたとおりではありません。国王のパンを食したからには、国王には忠実であります」

「お前の言うことを信じるぞ、わが部下よ」証人たる艦長は言った。その声は、抑制された感情を表わしていた。珍しいことだった。

「今のお言葉に神の祝福あれ、閣下！」ビリーはやや吃音まじりに言い、取り乱さんばかりだった。だが、次の質問が発せられたため、すぐに我に返った。答えは同じように情緒不安定な口調だった。「いいえ、私たち二人の間には敵意などありませんでした。先任衛兵長殿に敵意をもったことなどございません。亡くなられたことは遺憾です。でも、殺すつもりなどありませんでした。言葉が使えたなら、殴ることもなかったでしょう。けれど、あの方は面とむかって、そして艦長の面前で卑劣にも嘘をついたのです。私は何かを言わねばなりませんでした、そしてあんな一撃でしかものを言えなかったのです。神よご加護を！」

ひとりの率直な人間が、感情のままに包み隠さぬ態度を法廷で見せたので、その前に困惑をもたらしたあの言葉も、今度はそこに込められたものがみなに確信をもたらした。悲劇の証人である艦長から飛び出し、反乱への意図を問われてビリーが熱のこもった否認をしたあとすぐに続いた言葉――「お前の言うことを信じるぞ、わが部下よ」――のことである。

次の質問は、船の仲間の一部で厄介な事が始まろうとしている（つまり反乱のことだが、あからさまな言いまわしは避けられた）雰囲気に気づいたか、疑ってみたか、というものだった。

答えはなかなか出てこない。先ほども言語的困難が答えを遅らせ、邪魔したのだから当然かもしれぬ、と法廷では思われた。しかし、今度は主に別の理由からだった。この質問は、ビリーの心に後甲板員との、フォアチェインでの会話を即座に思い出させたのだ。だが、船員仲間を密告するに等しい役割を果たすことへの生来の嫌悪があった――勝手な、しかも誤った名誉心がはたらいて、あの時に事態を報告していないのである。もちろん、忠実なる戦闘員としては報告こそ義務であったし、それを怠れば告発され、立証されたあかつきには極刑に処されているはずだ。けれども、密告することへの嫌悪と、反乱の企てなどなかったという思いこみとが心を占めていたのだ。答えが出たとき、それは否、だった。

「もうひとつ質問がある」今度は海兵隊長が初めて、しかもひどく困惑して口を開いた。「おまえを陥れようとした先任衛兵長の発言は嘘だ、と申したな。では、なぜ彼は嘘を言わねばならなかったのか、あんなにも敵意をこめて？　二人の間に敵対感情はなかったと宣言したではないか」

この質問は、図らずもビリーの思考からまったくかけ離れた精神の領域に触れたので、途方に暮れ、ひどい混乱状態におちいった。たやすく想像できることだが、見ている者のなかには隠された罪の意識を思わず明るみに出したと解する者もいただろう。それでも、何とか苦心の末に答えようとしたのだが、突如としてこのむなしい努力を棄て、同時にこれ以上ない援助者であり友人でもあるヴィア艦長にすがるような視線を向けた。しばらく座していたヴィア艦長は、立ち上がり、尋問者に向かって言った。「おまえのした質問は当然至極だ。だが、どうしたら彼に正しく答えられるというのだ？　いや、実際は誰にとっても無理だ。あそこに横たわる男以外にはな」と言うと、死体の横たわる分室を指さした。「だが、あそこに臥した男は召喚のために立ち上がりはしない。それにしても、まことに私の見るところ、おまえの質問は本質を突いてはいない。先任衛兵長を告発に駆り立てた動機と思えるものは別にして、また殴打を招いたことには関係なく、現在の案件に関してこの軍事法廷は殴打のもたらした結果のみに関心を狭めねばならぬ。その結果も、殴打者の行為以外からは公正に定めることはできない」

この発言の全容がビリーに飲みこめたとはいえないようだが、それでも切なくも訴えるような眼差しを語り手に向けさせはした。無言の訴えを宿すこの視線は、毛並みの良い犬が、犬の知力では主人の仕草の意味がわからず、教えてくれとその顔に向ける視線に喩《たと》えられなくもない。艦長の発言はまた三人の士官、とりわけ海兵隊長に著しい影響を与えてもいた。彼らにとってそこでほのめかされたことは予想外で、進行役の内では早々と判決が出ているようにさえ思えた。事件直後に精神錯乱の徴候がみえたが、それが増長されてきたようだ。

海兵隊長は、今一度疑問を投げかけて挑発するかのように、同僚たちとヴィア艦長にむかって同時に語った。「この件で謎のままになっていることに側面から光を投げかけられる人がここには誰も——本艦の仲間で、という意味ですが——いないのではないですか。まあ、そもそもいないのでしょうが」

「それは思慮深き発言だ」ヴィア艦長は言った。「話の方向性はわかった。しかり、謎はある。だが、聖書の言葉を引くなら、それは『不法な秘密の力』〔70頁参照〕なのだ。心理学に長けた神学者が論じる事柄だ。となれば、軍事法廷はどうしたらよいというのか？　言うまでもない、われらが調査しようとしても、あちらにいる……彼……の永遠なる沈黙によって道は絶たれているのだ」と、死体を安置した分室を指した。「容疑者の行為――それのみをわれらは判断せねばならぬ」

これに対して、特に最後に繰り返されたことに対して、海兵隊長は、うまくは返答できまいと悟り、悲しげな様子で発言を控えた。副艦長は、何とか自然な流れで最初だけは司会役をやりおおせたのだが、今はヴィア艦長の威圧的な一瞥――一瞥ゆえに言葉より効果がある――に促され、司会役に引き戻された。容疑者に向かうと、「バッド」と呼びかけ、落ち着きのない調子で言った。「バッド、おまえからこれ以上何か言うことがあるなら、今言うがいい」

これに対して、若き水夫はまたもヴィア艦長をちらと見やった。ついで、その顔つきからヒントを得て――今は沈黙こそ最良なりという艦長自身の直観が示すヒントである――副艦長に答えた。「すべてを述べました、閣下」

かの海兵隊員（フォアトップマンが先任衛兵長の後について入ってきたときに船室のドアの外で見張りをしていたあの隊員）は、この審理中には最後までビリーに付き添っていたが、後部の分室（最初に容疑者と看守にあてがわれた部屋）にビリーを連れて行くよう指示された。ふたりが視界から消えるや、三人の士官はビリーの存在そのものがおよぼす心理的圧迫からいくぶん解放され、一斉に座りなおした。三人は決め手がないことに困り果てて視線を交わしたが、結審せねば、だらだらと引き延ばすことなく結審を、と感じていた。ヴィア艦長はといえば、しばし佇み――無意識に彼らに背中を向けて、いつもの一時的な放心状態におちいっていたようだ――、窓枠付きの舷窓から風に向き合い、夕暮れの海の単調でうつろな様を見つめていた。法廷の沈黙は続いたものの、熱のこもったひそひそ声の短い相談によって束の間破られるたびに、ヴィア艦長は刺激を受け、また活気を得た。振り向くと、彼は艦長室を斜めに行きつ戻りつしていた。船が風下に傾くと、斜めになった船室を風に向かって昇っては、また戻るのだ。もちろん、そんな動きが、風と海のように強い素朴な直観に抗《あらが》ってでも困難を乗り越えようという断固たる精神を象徴しているなどと意識してはいない。今、彼は三人の前で立ちどまった。彼らの顔を舐《な》めるように見わたしてから、何かを表現するために自分の考えを寄せ集めるというより、自分の考えをいかにまとめ上げて最良の形でこの男たちに伝えるか、思案していたのだ。彼らは善意の者たちではあっても、知的に成熟してはいないのだから、おのれには自明の理である原則をあれこれ示してやる必要がある。

それでも、いざ語り出したときには、その内容と言い回しのいずれにおいても、独自の研鑽《けんさん》のあとが見られた。ヴィアにとって言語能力の強化こそが現役生活の実務的修練がもたらす緊張をほぐしていたのである。くわえて専門用語も多用するために、気取っているとの非難が時としてあちこちでされる遠因ともなった。そのような非難をするのは実務一辺倒な気質の海軍軍人たちではあるものの、彼らも英国海軍は〈星ときらめくヴィア〉ほど有能な士官を徴用したことがないとみとめるにやぶさかではなかったのだ。

語ったのは、おおむねこんなところであった。「ここまでは、私はただの証人であり、それ以上のものではない。そして、当面は双方の調整を行う以外の口調で喋るべきではないと思う。だが、諸君のうちに――危機のときでもあるというのに――苦難に満ちたためらいを見て取れないだろうか？　確信をもって言うが、それは軍事的義務と心の咎めが衝突しているからだ。その咎めを同情が強めてさえいる。同情については、私が分かち合わずにいられると思うか？　だが、最高の責務のことを思うならば、決意を弱めるような心の咎めに対して、私は戦う。諸君、この事件が特別なものであることから逃げようというのではない。理論的に考えれば、法律家たちからなる陪審にゆだねるべきかもしれない。だが、ここにいるわれわれは法律家でも道徳家でもなく行動しているのだ。これは現実の事件であり、軍事法に照らして現実的にあつかわねばならぬ。

それにしても、君たちの心の〈咎め〉というやつ、そいつが暗がりでうごめいているのではないか？　そいつに挑戦してみたまえ。前に出て、はっきり名を名乗らせてみよ。さあ、どうだ。そいつはこんなことを言いたいのではないか――弁解の余地ある状況はさておき、先任衛兵長の死は純粋に容疑者による行いによるものとするなら、その行いは死罪にあたいする。だが、自然法に照らせば、容疑者の行為のみが勘案されてはいけないのではないか？　神の御前に無垢なる仲間、われわれもそう思わずにいられぬ仲間を、即決で恥ずべき死罪に裁定していいのか、と――図星ではないか？　不承不承賛成しておるな。ふむ、私もそう感じる、ひしひしとな。それが〈自然〉というもの。だが、われわれの軍服のボタンが、〈自然〉への忠誠を尽くしますなどと誓うだろうか。否、忠誠は王へのものだ。海はどうだ。それは神聖なる原初の〈自然〉、われらは世界を形作る海をわたり、船員としての存在を保つわけだが、王の士官として、われらの任務は〈自然〉と調和する領域にあるだろうか？　それは真実とはいえない――われらは任務を与えられれば、そこにもっとも重要な意義をみとめて、〈自然〉の与える自由を放棄するのだ。戦争が勃発したら、事前に相談を受けてから戦闘員に任命されるだろうか？　いや、われらは命令によって戦うのみ。もしわれらが戦争を肯定する判断を下したとしても、たまたまそうしただけである。他の事柄でもそうだ。今の件でもそうである。現在の審理につづいて有罪判決を下すとしよう。われわれが有罪にしているのだろうか。いや、むしろ軍事法がわれらを通して機能しているのではないか？　法とその厳格さに対して、われらは責任をもたない。われらの宣誓した義務とは、こうだ。どんな事例でどんなに無情に法がはたらこうが、われらはそれに従い、法を執行する、ということ。

だが、この事件は例外だということで、君たちの心は揺れている。私の心だって揺れている。それでも、暖かい心が、冷めているべき頭を裏切ることのないように。陸上で犯罪事件を裁くとしよう。公正なる裁判官が法廷の外にいるとき、被告人の縁者のやさしき女性に涙まじりで嘆願され、ほろりとさせられたら、立ち止まって話を聴いてやっていいものだろうか。ふむ、ここでいう心とは、男のうちで時として女性的なるものゆえ、そんな情け深き女――きびしいかもしれないが、この女は排除されねばならぬ」

彼は話をやめ、一瞬、三人をきっと見つめると、また話し出した。

「それでも、君たちの表情に込められたものはこう主張しているようだ、自分のうちで蠢《うごめ》いているのは心だけではない、良心、個人の良心もだ、と。それでも言ってくれ、われらのような立場にあって、個人の良心は帝国の良心に屈してはいけないのかどうか――帝国の良心を作る掟のみがわれらの職務を進めていくのではないのか?」

ここで、三人は座る姿勢を変えた。この演説の流れに納得したというより、心乱されたのだ。心におのずと生まれた葛藤は、なお深まる。

これを見て取って、語り手は一瞬間をおいた。それから、突然口調を変えて、言葉を続けた。

「少し気を取り直すため、事実をおさらいしよう。戦時に海上にあって、ひとりの戦闘員が上司を殴り、その一撃で死に至らしめる。その結果は別にして、殴打そのものは海軍条例に照らせば、死罪にあたいする。さらに――」

「アイアイ、サー、艦長殿」海兵隊長が感情を抑えきれずに割って入る。「ある意味ではそうです。しかし、バッドは反乱も殺人も意図しておりません」

「もちろんそうだ、隊長。軍事法廷ほど独断的でなく、もっと憐み深い法廷ならば、嘆願によってかなり酌量の余地もあろう。最後の審判なら、無罪となるだろう。ひるがえって、ここではいかに？　われらは反乱条例にもとづいてやっているのだ。子供の顔つきがいくら父親に似るといっても、あの条例がその精神において父親に似るのとは比べものにならない。――その父親とは、戦争だ。国王陛下への奉仕のため――実際、この船でも――意志に反しても王のために戦わざるを得ないイギリス人たちがいる。おそらくは、良心に反してでもだ。彼らの同胞として、われらのうちにはそんな苦渋を理解する者もいるかもしれぬ。だが、そんな迷いは海軍士官として、われらの関知するところではない。敵にしてみれば、さらにどうでもいいことになる。われらの強制徴用者といえど、敵は一撃で志願兵と同じように斬ってしまうだろう。敵の海軍徴集兵にも、フランス国王殺しの総裁政府にわれわれが向けるのと同じ敵意を持つ者もいるだろうが、こちらも彼らを斬るのみ。戦争というものは表面のみに目を向けるものだ。そして、子である反乱条例は、父である戦争に瓜《うり》二つなのだ。バッドに殺す意図があろうがなかろうが、条例の目的にとっては何の意味もない。

不安をいだく君たちを尊重する気持ちはもちろんあるが、それにかかずらわり、同じことを繰り返している間に、手短であるべき審理をこのように妙に引き延ばしてしまい、そのとき敵を目撃して、すわ戦闘ということになるやもしれぬ。われらには裁判の遂行義務がある。二者択一という義務だ。有罪とするか、無罪放免とするか」

「有罪判決を出し、そのうえで罰を軽減することはできますまいか?」と航海長が尋ねた。初めて、そしてためらいがちに口を開いたのである。

「紳士諸君。この状況でわれらにとってそれが明らかに法にかなうとしても、そのような寛恕《かんじょ》のもたらす結果を考えてみよ。彼ら——つまり、船員仲間のことだが——には船員の嗅覚がある。大多数はわれらの海軍慣行と伝統にくわしい。そんな決定をどう取るだろうか。君たちが釈明したとしても——そもそも職責上許されないのだが——彼らは専横的な規律の鋳型に長いこと嵌《は》められてきたので、これを理解し、別扱いするだけの鋭い知性をもちあわせてはいない。ノーだ、彼らにとって、フォアトップマンの行為は、どのような修辞を加えて告知しようとも、殺人そのもの、反乱という極悪非道なのだ。どんな罰が伴うべきかを、彼らはよく知っている。だが、それが伴わないとしたら。なぜなのか、と彼らはじっと考えるだろう。水夫とはどんな人種かご存知だろう。ノア湾での最近の反乱を振り返らないだろうか？　その警告するところには十分な根拠ありとわかっているのだ――英国中を震撼させたあのパニックだ。君たちの寛容なる判決を彼らは臆病だとみなすだろう。あの三人はひるんでいる、おれたちを恐れているぞ、と。この重大時に特別求められる法的厳格さを遂行し、あらたな火種とならないようにすべきなのに、と。そんな邪推を彼らにされては恥、規律にとっては致命的だ。さればこそ、義務と法とにしたがって、私が断固取る方向性をわかってくれ。だが、お願いしたい、わが友よ、わが真意を誤解されんことを。この不幸な若者への思いは、私も同じだ。それでも、われらの心を彼が知れば、寛容な性格をもってわれらのことも察してくれるだろう。この軍事的危急のさなか、かくも大きな責任がわれらの肩にのしかかっているのだと」

こう言うや、甲板を横切り、窓枠付きの舷窓の脇にある定位置に戻り、無言のうちに三人が結論に至るに任せた。船室の反対側では、三人の裁判官たちが困惑し、沈黙のうちに坐していた。忠実なる臣下たちは、単純かつ実務的、心の底ではヴィア艦長が突きつけたいくつかの問題点には不賛成だったが、それに反論するだけの能力もなければ、気質ももち合わせていない。何といっても真摯な人物、地位だけでなく精神においても見上げたお方、と思わされていたからだ。それでも、彼の言葉は三人に響かないわけでもなかった。とりわけ、この最終弁論が海の士官としての彼らの心の琴線にもっとも触れたようである。艦長が配慮したのは、次のようにほのめかすことだった。当時の艦隊の不安定な雰囲気を考慮に入れるなら、戦闘員が海上で上官を残虐にも殺し、即刻刑罰を下す必要があるというのに、重罪を科さないまま放置などしたら、この軍艦の規律にどれほど深刻な悪影響があるのか、と。

三人が悩ましい精神状態に追いやられたのも無理はない。一八四二年にアメリカの軍艦サマーズ号の司令官は、いわゆる海軍条例（英国反乱条例を範にとった法）のもと士官候補生他二名の乗組員を、軍艦を奪おうと企てた反乱人として船上で処刑にする決断を下したが、そのときと似ていたからである。ただし、その処刑が行われたのは平和時であり、しかも出航後そう時間の経っていないときだった。その処置は続いて陸で召集された海軍予審軍法会議で正当とみなされた。これは歴史的事実であり、ここにコメントを付けずに挙げておく。なるほど、サマーズ号上の状況はベリポテント号のそれとは異なる。だが、十分正当化されるか否かは別として、危機感そのものは酷似しているのである。

ほとんど無名の作家がこう書いている。「戦いのあと四十年たって、『こう戦うべきだった』と非戦闘員が理屈をつけるのは簡単なことである。だが、砲火を浴びながら個人の力で戦闘を導くのは、まったくの別ものだ。煙にまみれて周りなど見えるものではない。実践的かつ道徳的な考察が求められる状況、しかもすみやかな行動が必須のどんな危機的状況でもそれは同じである。霧が深ければ深いほど、汽船はそれだけ危うい状況に追い込まれるし、そのうえ他の船に衝突して沈める危険を冒しながらも速度を増していく。船室でのんびりトランプに興じる者たちには、艦橋にいる不寝番の責任がいかに重いかを予想だにできまい」

要点のみ記そう。ビリー・バッドは正式に有罪判決を受け、朝直時《ちょうちょく》、帆桁における絞首刑を宣告されたのである。判決が出たのは夜だった。でなければ、そういった案件の慣例上、判決はすみやかに執行されていたであろう。戦時には、陸の戦場であろうと海の上であろうと、臨時法廷で裁定された死刑は――陸上では将軍がうなずくだけで決定されることさえある——判決のすぐあとに行われる。遅延もなく、上訴もなく。

22

法廷の評決を容疑者に自分から伝えよう、といったのはヴィア艦長自身だった。そのため、身柄を拘束している分室へ行き、警備中の海兵隊員にしばし下がっているよう求めた。

判決を伝えたこと以外に、この会見で何が起きたかは知る由《よし》もない。だが、その個室にわずかの間ながら籠《こ》もった二人の性格を考えてもみよ。どちらもわれら人間の性《さが》としてはかなり希少なる美質を根本的に分かちもつのだ。実のところかなり希少ゆえ、どれだけ教養があろうとも標準的な人間にはほぼあり得まいと思える。それでも、少しは推測を試みてもよいかもしれない。

ヴィア艦長がこの機会に罪人に包み隠さず語ったとすれば、それは彼の精神にふさわしいことだっただろう。決定にいたったおのれの役割をざっくばらんに開示し、同時にそのように決断した動機も実際に明らかにしているのならばなおさらだ。おそらく、ビリーの側としても、そのような告白をうながしたと同じ率直な気持ちで受け取れたかもしれない。艦長が彼に胸襟を開いたということは、彼を勇気ある者とみとめていたわけで、そのことをビリーもある種の喜びさえもって評価したかもしれないではないか。刑罰そのものについても、死を恐れぬ者として彼に与えられたことに理解を見せないわけでもあるまい。だとしたら、ヴィア艦長も冷静沈着な仮面の下にひそむ情念をしまいには表に出していたかもしれない。ビリーの父といってもおかしくない年齢である。軍務に粛々とはげむ身とはいえ、こわばりきった人間性のうちにも残る原初的なものへとおのが身を溶かし、最後はビリーを心から抱き寄せたかもしれない。ちょうどアブラハムが、過酷な命にしたがい、心を鬼にして若きイサクを捧げようとする寸前で抱き寄せたかもしれないように。[33] だが、神聖なるものとは、語りえないものだ。このふらふらと自転する世界には、それもせいぜい稀にあらわれるのが関

33　旧約聖書『創世記』二十二章一―十三節。神はアブラハムの信仰心を試すため、ひとり子イサクを燔祭《はんさい》に捧げよと命じる。アブラハムがイサクを殺そうとする直前、神の使いがそれを止めた。

の山――そもそもここに披露されるのに似た状況で、大いなる〈自然〉の高貴な秩序を分かち合う二人が抱き合うことはまずありえない。だがその瞬間が来れば、そこには秘め事があるもので、あとから来る者には犯しえないのだ。そして、聖なる忘却が、いかなる神聖で寛大な行為にも続編として訪れ、最後にはすべてを神の摂理のもとに覆い隠す。

ヴィア艦長が分室を出て最初に会ったのは副艦長であった。彼が見た艦長の顔には、強者のいだく苦悶がほんの一瞬あらわれ、副艦長は立派な五十男とはいえ、それに気づいて仰天した。判決を受けた者が、判決をもたらした張本人ほど苦しまなかったこと――それは前者の叫び声によって明らかにされる。その場面を、間もなく必然とはいえ語ることになる。

23

一連の出来事が短時間のうちに急転回したので、的確に語るには短時間ではかなわない。しっかり理解するためにところどころで説明やコメントが必要ならば、なおさらである。先任衛兵長は艦長室に入ったきり生きて出てはこなかった一方、ビリーはといえば出てきたはいいが死刑を宣告されて出てきた。その時と、さきほど述べた艦長との会談の間に、一時間半も経ってはいない。だが、少なからぬ船員たちに憶測を許すだけの時間ではあった——艦長室に先任衛兵長とくだんの水夫とを引き留めているのは一体何なのか。ふたりが艦長室に入ったところは目撃されたが、出てくるのは見ていない、という噂、そんな噂が砲列甲板と檣楼上に広がっていたからである。大きな軍艦といえども乗組員はある面で村人のようなもの、目に見える動きひとつひとつ、あるいは動きのないことさえ凝視しているのである。それゆえ、嵐の予感などまったくないのに、第二折半直のとき全員に召集がかけられると、そんな時間帯に召集されることはあまりなかったから、船員たちは尋常ならざる知らせがあることに一切心の準備ができていないというわけでもなかった。しかも、その知らせとは、いつもの場所にふたりの姿をずっと見かけていないことに関係するだろう、ということも。

そのとき、海は穏やかだった。そして、月は昇ったばかりで満月に近く、白い上甲板を銀色に染めたが、固定具やざわめく船員たちがくっきりとした影を水平に投げかけるところは染みのようになっていた。後甲板のどちら側にも、海兵隊員がひとりずつ、武装して整列している。そして、ヴィア艦長が上級士官たちに囲まれて定位置に着き、船員たちに向けて話しかけた。その間、艦長の態度は自分自身の軍艦での最高の地位にふさわしいとも、ふさわしくないとも言えなかった。簡にして要を得た話しぶりで、艦長室での出来事をみなに説明する。先任衛兵長が亡くなったこと、殺害した者はすでに臨時法廷で裁かれ、死刑を言い渡されたこと、処刑は朝直時に行われること。反乱という言葉はこの通達のなかでは使われなかった。また、この機会をとらえて規律維持を説こうともしなかった。現在の海軍の状況では、規律違反の結果がどうなるかは自明のことだろうと考えたからである。

ひしめく船員たちは艦長の通達を立ったまま聴いていたが、みな押し黙ったままである。地獄を怖れる会衆が席に着き、カルヴァン派の教義を牧師が説教するのを拝聴するかのようだった。

だが、話の終わりに、困惑したようなさざめきが船員たちから起こった。それは次第に大きくなる。すると、ほぼ同時に、号令一下、甲板長とその部下たちの吹く耳をつんざくような鋭い笛の音に鎮められてしまった。船を風上に向けるよう指令が下った。

水葬の準備として、クラガートの遺体は食事仲間である下級士官たちの元へと届けられた。ここで、話が横道にそれて、続きが語れなくなっても困るので、かの先任衛兵長はしかるべき時に、その位にふさわしい葬式の儀礼のすべてを尽くし、水葬に付された、ということは付け加えておこう。

悲劇に端を発する正式な手続きをふまえ、慣行はここでもきびしく守られた。クラガートやビリー・バッドに関しても、すべての点において逸脱はまったくありえなかった。乗務員——つまり船員、特に戦闘員——はみなおしなべて慣行を墨守する者たちだったので、望ましからぬ憶測を生じさせないためであった。同じ理由から、ヴィア艦長と罪人との間の交渉はすべて例の密談をもって終了した。ビリーは最期を迎えるべく通常の決まりにしたがわされた。艦長のところから警備付きで護送されたが、特別な警戒措置は取られない——少なくとも見た目には。できうるかぎり、士官たちが船員たちの不正行為に気づいているのでは、などと思わせないこと、それが軍艦における暗黙の掟であった。そして、ある種のトラブルが真剣に懸念されればされるほど、士官たちは懸念をそれだけ胸に秘めておくものである。たとえ、ごく目立たない形で警戒が強められるかもしれないにせよ。この物語の場合、見張り番は、牧師以外誰とも連絡をとらないよう厳命されていた。この点を絶対に守るため、人目を惹かないようにする策がいくつか取られた。

24

旧型の七十四門艦では、上部砲列甲板といわれる甲板は、軽甲板が一応は屋根になっていて、そこには大砲もあるにはあるが、大部分は風雨にさらされているに等しい。たいがいどの時間帯でもハンモックは架かっていない。船員のハンモックは下部砲列甲板と船室甲板（寝所であるだけでなく、船員の頭陀袋の収納場所）に架かっていて、両側には大きな収納箱だの、食事班の移動可能な食器棚だのが数多く並んでいた。

ベリポテント号上部砲列甲板の右舷に、見よ、ビリー・バッドが鎖につながれ、警備のもと、一区画にうつ伏せのまま横たえられている。それは甲板の一区画で、どちらの側にも大砲が規則正しく並んで砲列をなしていた。大砲はすべて当時としては大口径のもので、木製の砲架に据えられ、発射時の後退を防ぐための駐退索なる武骨な装備と、大砲を引き出す強力な滑車装置によって留められていた。大砲と砲架、そして頭上で輪になった長い込矢と短い導火桿[34]も含めて、これらすべてが、慣習上黒く塗られている。重々しい大麻の駐退索はタールで同じ色合いに染められ、葬儀屋といったたたずまいだ。葬儀を思わせるこんな周囲の色合いとは対照的に、横たわった水夫の衣服は、白い上着と白いキャンバス地のズボン、どちらも多少薄汚れてはいるが、その区画のほの明かりのなかでかすかに光っている。四月もまだ初旬で、高地にある洞窟の黒々とした入口にいまだわずかに残る泥まじりの雪といった風情である。いってみれば彼はすでに屍衣、というかそんな衣服に包まれていたのだ。頭上にあって照度は低いが、戦闘用の角灯がふたつ、甲板の巨大な二本の梁からぶらさがっている。軍需業者（その利益とは、真っ当であろうとなかろうと、どこの国でも死の報酬からの配当である）によって油を配給され、角灯はくすんだ黄色を明滅させ、あたりにまき散らし、蒼い月光を汚していた。おかげで月光は栓をした大砲の突き出た砲門からむなしく入りこもうとしては遮られ、まだらの光となった。他の角灯も間をおいてぶらさがるものの、この空間――砲座の間に延びる長く幅広く見通しの悪い通路から大

34　弾薬を銃身に入れる道具と、大砲に点火する道具。

聖堂の告解室か副聖堂のごとく突き出している——をぼんやりと映し出していた。

そのような甲板に、今や〈ハンサム・セイラー〉が横たえられている。頬にさす薔薇色の日焼けに隠されて蒼白さも目立たない。風と陽光から何日も隔離しなければ、これほどの日焼けを消しさることはできまい。だが、ほてり気味の肌の下から、秀でた頬骨があえかに浮かび上がっていた。船倉に隠された炎が梱《こり》の綿をも焼き尽くすように、抑えてもなお燃えさかる心のなかでは、些細な経験が重なっただけでもわれらの人体組織がむさぼり食われるのである。

だが、二門の大砲の間に、まるで運命のいたずらという凶器に挟《はさ》まれたかのように横たわるビリー——その苦難とは、大人たちにとり憑いた悪の化身を屈託なき若い心がはじめて経験して起こったものだったが、そんな苦難によって張りつめていた糸もいまやゆるんでいる。ヴィア艦長との会談で、それは癒されたのである。微動だにせず、彼は忘我のうちに横たわっていた。その若者らしい表情は、揺りかごに眠る幼な子の顔立ちに似ていると前から思われていた——夜半に静かな部屋で暖かい暖炉の火が照らすと、幼な子の頬には時折り謎めいたえくぼが訪れる。そして、訪れたかと思えばまた消えるのだ。同じように、足枷《あしかせ》をされて忘我の中にあるビリーにおいても、うつろう追憶と夢想から静かで幸福な光が生まれ、その顔一面に広がり、消えたかと思えばまたあらわれるのだった。

従軍牧師は、彼のもとを訪れ、このような状態にあるのを知り、牧師の存在など意識する気配もないのを見て取った。そして、彼をしばらくじっと見つめたあと、ひっそりと身を引き、しばらくそのままにしておくことに決めた。キリストの聖職者として、軍神から給料をもらう身ながら、この状態を超えるだけの安寧にいたる慰めは与えられまいと思ってのことである。だが、深更におよんで、またとって返した。容疑者は、今度は周囲への意識が戻っていて、牧師が近づくのに気づき、礼儀正しく快活といえるほどの態度で迎えた。けれども、そのあとの会話では、この善意の人がビリー・バッドに、あなたはもうすぐ逝くのだ、しかも夜明けに、と言って神のことを理解させようとしたもののほとんど無駄であった。なるほど、ビリー自身は死が間近に迫っていることに率直に言及することはした。だが、それは子供が何となく死のことを口にするのに近かった。遊びのひとつとして、柩《ひつぎ》と会葬者とともに葬式ごっこをやるんでしょ、とでも言わんばかりなのである。

死とは本当はどういうものか、ビリーに考えつかないわけではなかった。それはもちろんのこと、死とは理解できないから怖い、などと彼はまったく思わなかったということなのだ。そういう恐怖は、どこまでも純粋な〈自然〉に近い、いわば野蛮な社会よりも、高度な文明社会に広がるものだ。そして、別のところでも言ったように、ビリーは根本的に蛮人だったのである。衣装こそちがえ、生ける戦利品としてゲルマニクス将軍のローマ凱旋時に行進させられた同国人、すなわちブリトン人の捕虜たちのように。また、のちの蛮人ともまさに同じだったのだ——おそらくは若者たち、初期のブリトン人でキリスト教への改宗者（少なくとも名目上は）から選ばれた見本としてローマへ連れてゆかれ（今日小さな島々の改宗者たちがロンドンへ連れて来られるように）、当時の教皇が、イタリア風とは異なる容貌の美が珍しいこともあって魅せられたようなものだ。血色のよい顔と亜麻色の巻き毛を見て、教皇は叫んだのだ、「アングルズ」と（つまり現代のイングリッシュはそこから派生している）。「アングルズ、と彼らを呼ぶのか？ それは天使《エンジェルズ》に似ているからか？」。時代を下っていたならば、教皇が心に描いていたのは、イタリア・ルネサンスの画家フラ・アンジェリコ描くところの天使だと人は思ったことだろう。ヘスペリデスの楽園でリンゴをもぎとるそんな天使たちは、美しき英国女子のごとくかすかにバラの蕾を思わせる顔色をしていたからである。

善き牧師はこの若き蛮人に死の概念をわからせようとして、古い墓石に描かれた髑髏図や日時計が意味するものを喩えとして語ってみたものの無駄だったし、同じように救いだの〈救い主〉だのについて思い知らせようとしてみたが、やはり無駄であった。ビリーは聞くことは聞くのだが、畏敬とか崇拝からではなく、ここは当然礼儀正しくせねば、という気持ちからだったのである。心の底では、同じ階級の水夫が抽象語、つまり日常世界からはかけ離れた調子の言葉を受け取るときと同じだったことは疑いもない。そして、水夫が牧師の言葉を聴くなどというのは、人知を超える奇蹟だらけのキリスト教入門書が、はるか昔に熱帯の島々でいわゆるすぐれた「未開人」――たとえばクック船長の時代かその直後のタヒチ人――に受け入れられたことに似ていなくもない。礼儀正しい人間ゆえにそれを聴きいれたが、自分にそれを応用することはできないのである。手を伸ばしたその掌《てのひら》に贈り物が置かれても、指で握りしめられないようなものだ。

だが、ベリポテント号付き牧師は慎重な人物であり、善良な心をそれも善良な感覚で持っていた。だから、ここではおのれの天職のままに死の概念を押しつけはしなかった。ヴィア艦長の依頼により、士官のひとりが牧師にビリーのことをあらまし知らせておいたのである。だから、最後の審判におもむくには、宗教などより無垢のほうが役に立つと感じて、不本意ではあったが身を引いた。けれども、感情のままに、ある行為におよんだ。それはイギリス人には珍しいことで、しかもこの状況では通常の聖職者としてなおさら珍しいことだった。身をかがめると、彼は同胞のきれいな頰にキスをしたのである。同胞といっても軍事法では重罪犯である。死が間近だとはいえ、キリスト教の教義への改宗は不可能と思った人間である。にもかかわらず、この男がやがてどうなるかについての懸念も牧師にはなかった。

この有徳の士が、若き水夫に生来そなわる無垢を知ったがゆえに、軍事規律への殉教者の運命をまったく変えようとしなかった、といっても驚くなかれ。そんなことをしても、砂漠で助けを求めて声を上げるごとく無駄なだけでなく、おのれの職分の境界――軍法により規定され、甲板長その他の海軍士官に施行されたのと同じもの――を無謀に侵すことになっていたであろう。有体《ありてい》にいって、従軍牧師とは〈戦さの神〉マルスに仕える〈平和の君〉、すなわちキリストのような存在なのである。そのものが軍艦には不似合いなのだ。クリスマスの祭壇にマスケット銃が置かれた図を想像してもみよ。だとしたら、なぜ彼はそこにいるのか？　大砲が果たすべき目的に間接的に寄与するからである。また、柔和なる者の宗教心をみとめるよう求めるからでもある――野蛮なる〈力〉以外のほぼすべてを排除してしまうこの世界に対して。

25

夜はかくも明るく軽甲板のうえを照らしつつも、下の洞窟じみた甲板は、鉱山の坑道のように層をなしていて暗い――明るい夜はやがて過ぎ去った。それでも、馬車を駆る預言者が天に消え、外套をエリシャにむかって投げたように、[35] 夜は退場しながらほの暗い衣を払暁《ふつぎょう》へと手渡す。やわらかな光がおずおずと東にたちあらわれると、やがて白い筋を引く霧によって透き通る羊毛のごとくになった。そんな光がゆっくりと満ちていったのである。するといきなり、〈八点鐘〉が後甲板で鳴らされ、さらに

35　旧約聖書『列王記下』二章十一―十四節。馬車から落ちた預言者エリヤの外套をエリシャが取り上げ、ヨルダン川の岸辺に行くと、水が左右に分かれ、渡ることができた。

大きく金属的な音が前部からそれに呼応した。朝四時。澄んだ笛の音が数回鳴り響いて、処刑の立会いのために全船員を召集した。下層部にいた見張りたちが、重砲弾の棚に囲まれた広い昇降口をひしめきあいつつ昇り、甲板ですでに当直にあたっていた者たちに加わると、主檣と前檣の間は押し合いへし合いとなった——幅の広いランチと両側に層をなす黒い帆桁に囲まれた場所には人があふれ、火薬運搬係や若い船員たちにとってボートと帆桁が高みの見物場所となった。別のグループは檣楼の当直を含む連中で、バルコニー（七十四門艦なのでそれなりに大きい）の手摺から身を乗りだし、群集を見下ろしていた。大人も少年も、囁くだけで、誰一人声高に喋る者はいない。喋ったとしても、ほんの数名のみである。ヴィア艦長——依然として、集合した上級士官連の中心にいる——は船尾楼甲板の端寄りに立って前方を向いていた。ちょうどその下、後甲板では、判決公布の時と同じように海兵隊員たちが完全武装し、整列している。

かつて、船上での絞首刑は普通は前檣の帆桁で執り行われたものだ。今度の場合、特別な理由によって主檣の帆桁が割り当てられた。今しもその桁の端に罪人が引き揚げられ、牧師が付き添った。当時話題になり、そして後々の語り草にもなったが、最後の場面でこの善人はおざなりな言葉などほとんど、いやまったく発しなかった。たしかに、この死刑囚と一言ふたこと交わしはしたが、福音の精髄は、言葉よりもビリーに向けた表情と仕草にあらわれていたのである。甲板長の部下数名によって死刑囚個人への最後の支度が手早くおこなわれ、それも終了した。結末が迫る。ビリーは後部にむかって立った。最後に近づいた瞬間、彼の言葉、彼の唯一の言葉、まったく遮られることなく発せられた言葉はこうだった——「神よ、ヴィア艦長を祝福したまえ！」。屈辱の縄を首にかけられた者から発せられた予想外の音節——法に裁かれた重罪犯が船尾の栄誉ある座に向けて祝福の言葉を、それも鳥が小枝から飛び立ちざまに澄んだメロディに乗せて歌ったかのような音節で述べるとは。これは驚くべき効果をもたらした。若き水夫その人の稀《まれ》なる美に高められ、またここに至る痛切で深遠な経験によって、今やその言葉は霊的なものになったのである。

意志の力など使わずとも、とでもいおうか、まるでこの船の人間は電流として声を伝える媒体にすぎないかのように、ひとつの声だけが朗々と共鳴してあちらこちらへと谺《こだま》した——「神よ、ヴィア艦長を祝福したまえ！」。その瞬間に、ビリーの存在のみが乗組員たちの心にあったに違いない。そして、目のなかにも。

はっきりとした言葉と自然に発した谺とが渦巻くように跳ね返ってきたが、ヴィア艦長はストイックな自己抑制のせいか、それとも感情を揺さぶられて瞬間的に麻痺したせいか、兵器係用の棚にならんだマスケット銃のように直立不動で立っていた。

船体は、風下へと一時的に流されたがうまく回復し、水平を取り戻しかけたそのとき、最後の合図(前もって決めた無言の合図)が発せられた。その瞬間、東に低くもやっていた羊毛状の霧を柔らかな栄えある光が貫いた。〈神の子羊〉の羊毛が神秘的なヴィジョンのうちに輝いて見えたかのように。同時に、仰ぎ見るすし詰めの群集に見守られて、ビリーが昇天した。そして、昇天しながら、薔薇色の曙光を全身に浴びた。

みなが驚いたことに、帆桁の端で両腕を縛られた姿は微動だにしなかった。ただ、穏やかな天候のなかゆったり揺れる船体の動きにつられて揺られるのみである。大砲で重装備した大軍艦にあって、かくも荘厳な姿で。

26

数日後、今述べた奇妙な出来事に関連して、主計官——これが赤ら顔で丸々太った男、哲学者のごとく深遠というより会計士のごとく細かい——が食事時に軍医にむかって言った。「あれは意志の力がどれほど強いものかということの証明だな」。軍医——これが陰気で痩せの大男、慎重かつ辛辣、やさしいというより馬鹿丁寧——は答えた。「お言葉ですが、主計官殿。絞首刑が科学的に執り行われれば——そして特別の命を受けて、バッドの処刑をどう施行するかは私が指示したのですが——吊るし首完了後、吊るされた肉体から発するいかなる動きも、筋肉組織における機械的痙攣を示すものです。かかるが故に、それが逆に欠如していることも、おっしゃるようには意志力に帰することはできません。馬力に帰することができないのと同じことでして。失礼いたしました」

「だが、君が言う筋肉の痙攣だが、こういった場合、ある程度まで常に起こることではないのか」

「たしかに、主計官殿」

「だとしたら、軍医殿、この場合にそれがなかったことをどう説明するのかね？」

「主計官殿、この件についての奇妙というあなたの感覚は私の感覚と一致しないことは明らかです。あなたは意志の力でそれを説明されましたが……それはいまだ科学用語にはないのです。私としては、現今の知識を使って、それを説明できるふりなどいたしません。綱が最初に首に触れたことで、バッドの心臓の動きは、尋常ならざる感情がさらに頂点に達して強められ、突如停止した——ちょうど時計を不注意に巻いていて、最後によけいな力をかけたために、ゼンマイがぷっつりと切れるように——たとえこう仮説を立てたとして、その後の現象をどう説明しろとおっしゃるので?」

「とすれば、痙攣による動きがなかったことはただの現象にすぎないとみとめるわけだ」

「現象にすぎなかったのです、主計官殿。その原因がどこにあるか即座にはわかりかねる様相、という意味においては」

「それにしてもだな、君」と相手はしつこく訊き続けた。「あの男の死は絞首索によってもたらされたのか、それとも安楽死の一種なのか?」

「主計官殿、安楽死と言ってしまうのは、意志の力と言ってしまうのと同じことです。またもや失礼を承知でいうなら……それは科学用語として正しくはないと思うのです。想像的にして哲学的な——要するに、ちんぷんかんぷんなのです。……それにしても」と口調を変えて、「助手まかせにしたくない患者が病室におりまして。失礼します」。そう言うと、食事の席を立ち、ぎこちない様子で出ていった。

27

処刑の瞬間、そしてそれに続く一瞬の沈黙。その沈黙を際立たせるのは、船体に規則的に打ちよせる波、そして舵手の視線がふと逸れたことで煽られる帆のはためきに他ならない。このすさまじい沈黙も、言葉では容易にあらわせない音によって徐々に破られるのだった。熱帯の山々で驟雨——平野部ではありえないほどの雨——が突如作る奔流の波打つ音を聞いた者や、そそり立つ森林からそれがあふれ出るときのくぐもったさざめきをはじめて聞いた者なら、その音がどんなものかはわかろうというものだ。音の源が離れているように思えるのは、さざめきがはっきり聞こえないためだ。実際には近くにある。それは船の開かれた甲板にひしめく者たちから発していた。はっきりしないだけに、意味はわかりかねた。せいぜい、陸の暴徒にありがちなように、気まぐれな思考や感情の激変といったところではなかったか。この場合でいえば、彼らがビリーの最後の祈りを自然に繰り返したものの、重々しい気持ちでそれを取り消そうとしているようなものだ。だが、さざめきが次第に喧噪へと高まる前に、戦略的に命令が下された。それは青天の霹靂《へきれき》のごとく響いたからこそ効果があった。「呼び子を吹いて右舷の監視を終了させよ、甲板長。そして、しっかり見守れ」

トウゾクカモメのキィーという鳴き声のように金属的に、甲板長と部下たちの澄んだ笛の音があの不吉な低いさざめきを貫き、拡散させた。厳格な規律にしたがい、群集は半分に減った。残った半数の大半は、帆桁を整備するなどの臨時の仕事につかされた。甲板にいる士官ならその場に合わせて急ごしらえででっちあげられる仕事である。

さて、略式法廷によって海上で行われた死刑に続く手順のどれを取っても、てきぱき行われるという特徴がある。目に見えて迅速というわけではないが、それに近い。生前ビリーのものであったハンモックは、砲弾で重しをするなどの準備を経てキャンバス製の柩となり、海上葬儀人（実は縫帆手たち）の最後の仕事も今や手早く成しとげられた。すべて用意が整うと、二番目の呼び子――すでに述べたように戦略的な行動として必須のものだ――が船員全員に向けて鳴らされ、水葬に立ち会うよう求めた。

儀式の最終段階については細部にわたって語る必要もあるまい。それでも、板が傾けられて荷を海へすべり落とすと、奇妙なさざめきがまたも聞こえた。今度は、大きな海鳥たちの発するやはり不明瞭な音とまじりあっている。鳥たちは、ビリーを入れて砲弾を重りにしたハンモックをどすんと海にすべり落としたために水面で起きた異様なざわめきに注意を惹かれ、わめきながらこの地点に飛来したのだった。かなり船体近くに来たので、ひょろ長い二重関節の翼がきしる音、というか骨のきしむ音まで聞こえてきた。船が微風を受けて進むにつれ、水葬の地点は後ろへと遠ざかるのだが、鳥たちは低く旋回し、一杯に拡げた翼は動く影となり、鳴き声はしわがれた鎮魂歌となった。

先史時代の人間のごとく迷信深い船員たち。そして異様な静謐《せいひつ》のうちに宙吊りにされ、今度は海深く沈みゆく姿を目の当たりにしたばかりの戦闘員たち。そんな海の男たちにとって、海鳥の動きは、獲物を求める動物的な強欲の命ずるままとはいえ、常ならぬ意味をもっていた。船員たちのあいだに怪しい動きが起こり、法の侵犯かと思われるものも見受けられた。見過ごされはしたものの、それもほんの束の間だった。突如船員たちを部署につかせる軍鼓がうち叩かれ、それは毎日少なくとも二回は響く馴染みの音とはいえ、この場合には特に有無をいわせぬ力があったからだ。真の軍紀というものは長く継続されると、並の人間であればある種の衝動を内面に強く引き起こす。ゆえに、正式な命令の言葉を受けて、その衝動がはたらくとき、本能の力によく似て機敏なものである。

軍鼓とともに船員の群れは散り、その大部分は上下二層の屋根付き砲列甲板の砲座に沿って配置された。つづいて、砲兵たちはそれぞれの大砲の脇に沈黙のうちに直立した。順序に沿い、副艦長は剣をかかえ、後甲板の所定の位置に立ち、下の砲座部分をつかさどる剣を着用した士官たちから報告を続けざまに受けた。最後の報告が終わると、定めどおり艦長に敬礼をしたのち、報告のまとめを伝えた。一連のことはやけに時間を取ったが、今度の場合は慣例の時間より一時間早く召集をかけることこそが目的だったのである。こういった慣行の変更がヴィア艦長（規律至上主義者、と思う者もいたが）のような士官によって公認されたということ——それは、部下が一時的な動揺に陥ったことを艦長がおもんぱかり、通例からはずれた行動を必要と感じたことの証左である。「人にあっては」と常々彼は言っていたものである、「形式、それもリズムに乗った形式がすべてだ。これこそ森の野生生物たちを竪琴で魅惑したあのオルフェウスの物語があらわす意義だ」。そして、これをかつて艦長は、英仏海峡のあちら側で起こった形式の破綻［フランス革命のこと］とその結果に当てはめたことがある。

異例な形で甲板へ召集されたものの、すべては規定の時間にしたがって進行した。後甲板の軍楽隊は讃美歌を奏し、つづいて従軍牧師がいつもどおり朝の礼拝を執り行った。それも終わると、軍鼓が解散命令をうち鳴らした。音楽と宗教儀式は戦闘規律を含む様々な目的に供されるものであり、それで調子を整えられると、船員たちは通常のように粛々と（砲座につかない場合の）持ち場へと散っていった。

今や日は高かった。低くたゆたう霧の羊毛は消えていた。太陽がそれをなめつくし、栄光のうちに包みこんでいたのだ。すみわたった周囲の大気は白大理石のようだった。それも、まだ大理石商人の工場から運び出されていない、つるつるに磨かれた白大理石ブロックのごとくに。

28

純粋なる小説においては形式上の均整美が得られるとしても、本来絵空事ではなく事実をあつかう語りにあってそれは容易には達成できない。真実を妥協なく伝えようとすると、語りはいつもごつごつした部分ができてしまう。ゆえに、そのような語りの結末部分はきれいにはいかないものだ。建築物の仕上げのようにはいくはずもない。大反乱の年に〈ハンサム・セイラー〉がどんな運命をたどったかは、ここまで忠実に再現された。物語は彼の人生とともに終わるをよしとするにせよ、後日談に類するものを語ってもそう不適切ではあるまい。短い三章もあれば事足りる。

君主国フランスの海軍を元々構成していた船舶も、総裁政府のもと一斉に名称変更されることとなった。戦列艦サン・ルイ号などはアテー（無神論）号と改名された。そのような名前は、革命軍の艦隊が変えた他の名称同様、支配権力の不信心とふてぶてしさとを公言しているし、それが意図的ではないとしても、軍艦につける名称としては考えてみればこれほど似合いのものもない。そう、「デバステイション」（荒廃）

だの「エリーバス」（暗黒界）だのといった軍艦の名称よりもはるかに腑に落ちる。

ここまで記録した出来事は、特命を受けた航海のさなかに起こった。ベリポテント号が英国艦隊に戻る途次、そのアテー号に遭遇した。戦闘が開始され、そのさなかヴィア艦長はおのれの軍艦を敵の艦に横付けし、切りこみ要員たちを舷墻から送ろうともくろんでいたが、敵の艦長室の舷窓から発射されたマスケット銃の弾丸を浴びたのである。身動きもできないほどの重傷を負って甲板に倒れ、負傷した部下たちの横たわる階下の収容室へと運び込まれた。代わって指揮を執ったのは副艦長。その指揮下で、敵艦はついに捕らえられた。それはかなりの損傷を負っていたが、僥倖《ぎょうこう》にもめぐまれてジブラルタルへと曳航することに成功する。戦闘の場所からほど遠からぬ英国領の港である。かの地で、ヴィア艦長は傷病兵とともに陸へと運び上げられた。数日間は小康を保ったものの、最期がおとずれた。不幸なことに、彼はナイル海戦とトラファルガー海戦——いずれもネルソン提督の勝利に終わる——には間に合うことなく命を失ったのである。哲学的謹厳さを持ちながらも、その精神は野望——あらゆる情念のうちでも奥底に潜むもの——をほしいままにすることかなわず、ゆえに名声を究めることはできずじまいとなった。

死の直前、鎮痛剤が効いて横たわっていたが、それは肉体的苦痛を鎮めつつ、人の精妙なる元素に神秘的にはたらきかけたので、付き添いには理解不能な言葉をつぶやくのが聞こえた――「ビリー・バッド、ビリー・バッド」と。悔悟の口調でなかったことは、付き添いがベリポテント号の海兵隊長に証言したことからも明らかなようだ。海兵隊長はあの略式法廷のメンバーのなかで判決にもっとも乗り気でなかったこともあり、ビリー・バッドがどんな男だったかはわかりすぎるほど――とまれこの場ではそれを胸にしまっておいたが――わかっていたのである。

29

処刑から数週間たったのち、当時の海軍新聞（軍公認の週刊発行物）で、「地中海からのニュース」という見出し付きのさまざまな出来事のなかに、この事件もあった。誠実に書かれていることは疑う余地もないのだが、情報媒体が一部風評によることもあり、事実が書き手に届いたときには偏見がまじったり、部分的に誤っていたりもした。記述は以下のとおり。

先月十日のこと、英国海軍軍艦『ベリポテント』号船上において嘆かわしき事件が起こった。先任衛兵長ジョン・クラガートは、下級船員の間に何かしらの陰謀の前兆があること、そして首謀者はウィリアム・バッドなる男であることを発見。クラガートは艦長立会いのもとバッドを尋問していたところ、バッドは突然鞘入りナイフを抜き、恨みをこめて先任衛兵長の心臓を刺したのであった。この行為と凶器から余すところなく示されるのは、この暗殺者は英国名で徴用されはしたものの、イギリス人ではなく、イギリス風の名字に改名した外国人のひとりだということである。現時点での兵役事情の逼迫《ひっぱく》により、かなりの数の外国人が採用されてきた。

犯罪の重大さと、犯罪者の堕落の度合いは、犠牲者の性格に鑑みればさらに顕著なものとなる。犠牲者は慎重にして尊敬すべき中年男性で、下級の位に属す将校ではあるものの、士官諸氏たちのよく承知するところでは、英国海軍の機能は彼のような船員の肩に大いに掛かるものである。その働きは責任をともない、煩雑なるも感謝されざるものであった。だが、愛国心の強さゆえ、忠誠心に富んでいた。今日《こんにち》の例にもれず、本件でもこの不幸なる人物の性格は、故ジョンソン博士に帰されるあのねじ曲がった発言への論駁（論駁するまでもなかろうが）となるものである――「愛国心とは、悪党の苦しまぎれの言い逃れなり」犯罪者はその咎を負った。迅速なる処罰こそ益するところ大であることが証明された。英国海軍『ベリポテント』号船上においては、不適切なことは何もなしと理解される。

以上のことが、はるか昔に時代遅れとなり、今や忘れ去られた刊行物に掲載された。現在までの人類の記録として、ジョン・クラガートとビリー・バッドそれぞれの人となりを証言したものは、これのみである。

30

海軍にあっては、すべてのものがしばらくの期間は大切にされる。形あるもので、軍務において特筆すべき出来事にかかわるものは、どれも記念物へと祭り上げられるのだ。かのフォアトップマンが吊るされた帆桁などは、数年間のあいだ船員たちによってその在り処が探し求められた。彼らの情報は船から工廠へ、そしてまた工廠から船へ、とめぐり、最終的に帆桁が廃材として工廠に打ち捨てられたときでさえ、追跡は続いていた。彼らにしてみれば、その破片でさえも〈十字架〉の一部なのである。この悲劇の隠された真実を知る由もなかったし、海軍の立場からは処罰が科されたのもまあやむなしと考えるほかなかった。だが、それでも、彼らは本能的に感じていたのだ、ビリーは謀殺、ましてや反乱などできる人間ではない、と。〈ハンサム・セイラー〉の若く新鮮なイメージが思い出された。たとえ冷笑しても、心の中にほんのかすかに下劣な気まぐれが起きても、決して美しさが損なわれなかったあの顔が。この印象は、彼が死んだことで——それも幾分か不可解に死んだことで——間違いなく深まった。ベリポテント号の砲列甲板では、彼の性質、つまり純粋な素朴さはほぼ全員が評価していて、ついにもうひとりの前檣楼監視員（ビリーの当直仲間）が下卑た語りでそれを書き表わすこととあいなった。この監視員は時たま水夫にあることだが、巧まざる〈詩的〉感性をもっていた。この水夫の手から紡がれた詩行は、しばらく船上で流行ったあげく、ポーツマスにおいて一篇のバラッドとして粗末な印刷物となるにいたった。題名はこの船員のつけたものである。

ビリーは手錠をかまされて

牧師さんは良い人さ、さみしい場所まで来てくれて
ひざまずいては、祈ってくれる、
おいら、ビリー・バッドのため。おっと、あれを見ろ、
大砲の穴からまぎれこむのは月の光！
監視の短剣きらめかせ、こんな隅まで光らせる。
でも、ビリーの最後の夜明けにゃそれも終わる、
明日には連中がおいらを玉滑車にして、
帆桁の端からぶら下がる真珠のペンダント、
ブリストル・モリーにくれてやったイヤリングみたいに──
ああ、判決の猶予《サスペンド》じゃなくて、おいらの宙吊り《サスペンド》さ。
あい、あい、すべては終わり、おいらも終わる。

朝も早よから、吊り上げられて。
腹ペコおなかじゃ、うまくはいかん。
ひとかじりぐらいくれそうだ――死ぬ前にビスケット一枚。
もちろん、食事仲間は別れのさかずきをくれるさ。
でも、巻き揚げ機と綱から顔をそむけられたら、
おいらを持ち上げられないよ！
綱を上げろという号令もない。――全部うそっぱちかい？
目がかすむ。おいらは夢を見てるんだ。
おいらを吊るした綱を斧で切る？　それで全部海に流すって？
太鼓を鳴らして、酒盛りして、ビリーは蚊帳の外かい？
けど、ドナルドは約束した、足場のそばにいてくれるって。
だから、おいらは沈まぬうちに友情の握手。
でも、だめさ！　そのときは死んじゃってる。そうだろ。
思い出すよ、ウェールズのタフが沈んだときのこと。
頬っぺを蕾のピンク色に染めて。

だけど、おいらはハンモックに詰めこまれ、深く沈められる。
何尋も深く、何尋も深く、ぐっすり眠って夢など見られるかい？
誰かが忍び寄ってくる。歩哨さんよ、そこにいるの？
手首の手錠をゆるめてよ、
そしてやさしく転がしてね！
おいら眠てえよ、海藻がじくじくからみやがる。

解説

大塚　寿郎
（上智大学教授）

「自分の人生は二十五歳から数え始めます」

見出しの言葉は、『ビリー・バッド』（*Billy Budd, Sailor,* 一九二四年）の著者ハーマン・メルヴィルが、友人だった作家ナサニエル・ホーソーンに宛てた手紙の一節である。二十五歳というのは、捕鯨船や軍艦の平水夫として世界の海を渡り歩いたメルヴィルが陸《おか》に戻ってきたときのことである。

メルヴィルといえば海。その作品のほとんどが海や船にまつわるものなので、赤銅色の肌をし、目尻に細かい皺を刻んだ、潮の香りを漂わせる作家の姿を読者は想像なさるかもしれない。ところが七十年あまりの人生で、彼が実際に水夫として海の上で過ごしたのは、二十歳から二十五歳までの五年ほどにすぎない。のちに旅客として何度か船旅をしたことがあるものの、老練な船乗りと呼ぶにはいささか無理がある。

とはいえ、海での強烈な体験がメルヴィルの想像力をかき立てたのはまちがいない。それだけでなく、湧きあがる創造のエネルギーを解きはなつ広大なキャンバスを提供したのも海だった。また、代表作『白鯨』(*Moby-Dick*, 一八五一年)の語り手イシュマエルは、捕鯨船は彼にとって「イエール大学であり、ハーヴァード大学」(二十四章)だと言う。メルヴィルは海で多くを学んだと感じていたのであろう。家庭の事情で学校を途中でやめざるをえなかったメルヴィルの強がりかもしれないが、陸《おか》の大学では学べない経験をした、という自負のあらわれともとれる。

船を下りた二十五歳のメルヴィルは、海での体験をもとに矢継ぎ早にいくつかの小説を書き上げる。それとともに、シェイクスピアをはじめとし、おもだった古典や哲学書、捕鯨や船に関する書物、そして百科辞典などを読みあさりはじめる。これが彼の文学修行だった。自信が出てきたのか、のちにホーソーンの短篇集を批評したエッセイで、「今オハイオ川の流域でシェイクスピアたちが生まれている」(「ホーソーンとその苔」"Hawthorne and His Mosses," 一八五〇年)と、このアメリカ人作家をたいそう持ち上げているが、ちゃっかり自分のことも指しているのだ。『白鯨』には、この二人の作家の影響がはっきりと見てとれる。シェイクスピアを彷彿させる舞台仕掛けや芝居がかった会話、ホーソーンの真髄とメルヴィルが目する、「生来の堕落」が人間の心の奥深くにもたらす黒々とした「闇の力」。これらは、『ビリー・バッド』も含め、メルヴィルの作品を特徴付けるものとなる。

こうしてみると、メルヴィルは二十五歳を作家人生の出発点と考えていたようである。だとするなら、作家メルヴィルを知るには、それまでの海とのかかわりをひとまず追ってみるのも無駄ではあるまい。

メルヴィル、海へ出る

独立革命の英雄の子孫で、フランスからの衣料と装飾品を扱う貿易商だった父アランとオランダ改革派(カルヴィニスト)の血を引く裕福な商人の娘であった母マライア・ガンズヴォートの次男として、一八一九年八月一日にニューヨーク市のマンハッタンでメルヴィルは生まれた。子どもの頃のメルヴィル家はたいそう羽振りがよかった。だが事業拡大に失敗し、大きな借金を抱え込んだアランが一八三二年に病死。父の死後、家族を支えていた兄ガンズヴォートのビジネスが一八三七年の不況のあおりを受けて破綻すると、メルヴィル家はたちまち窮乏生活を強いられるようになる。この時以来、金銭問題はメルヴィルにいつもついて回ることになる。生活がようやく安定するのは親類の遺産が手に入った晩年になってからだった。一家の凋落は、メルヴィルが作品で見せる、社会の底辺に生きる者たちへの共感を生む原体験となったと考えられる。

メルヴィルが、はじめて海での生活を体験したのはちょうど二十歳になるときだった。銀行の事務員、叔父の農場の手伝い、教員、毛皮店の店員などの職を転々としていたメルヴィルは、望んでいた測量士になりそこねると、兄ガンズヴォートのすすめもあって、イギリスのリバプール行きの定期船セイント・ローレンス号に平水夫として乗り組んだ。「思い描いていたいくつかの将来計画が頓挫し望みがなくなったこと、自分でなんとかしなければならなくなったこと、それらが生まれつきの放浪癖と相まって、平水夫として海へと乗り出すことになった」という小説『レッドバーン』（*Redburn*, 一八四九年）の主人公の体験は、メルヴィル自身のものと重なる。もともと海にかかわりのある親類が多かったことも手伝って、メルヴィルは自然と海へと引き寄せられていくのである。

一八四一年、教員として勤めていた学校をやめて出かけた中西部の旅から戻り、失業中だったメルヴィルは、捕鯨船アクシュネット号に乗船する。

今でこそ日本の捕鯨漁に批判的なアメリカだが、捕鯨は十九世紀のアメリカ北東部の主要産業だった。十七世紀以来捕鯨を中心に栄えてきたマサチューセッツ州沖にあるナンタケット島や、のちに勢力を伸ばしたニュー・ベッドフォードが捕鯨基地として黄金時代を迎えていた。最盛期にあっていくらでも人手を必要としていた捕鯨船の船主たちは、たいした経験もないメルヴィルのような陸《おか》の人間でも船に乗せたのだ。

船員募集の広告につられて集まった若者や世界の海を渡り歩いてきたベテラン水夫、ネイティブ・アメリカン、黒人、太平洋の島々の住人などからなる寄せ集めの捕鯨船員の世界は、人種や国籍を超えた多様な人間たちとの出会いをメルヴィルに与え、コスモポリタンな作品世界の造形に寄与することになる。『ビリー・バッド』の冒頭に出てくる、様々な人種の船員が行き交うリバプールのプリンス・ドックの様子は、メルヴィルが目にしたアメリカの捕鯨基地の景色とさほど違わなかったことだろう。

アメリカの捕鯨のおもな目的は鯨油だった。とくにマッコウクジラからとれる良質の油は、家庭や工場で使うランプの燃料、工場機械の潤滑・洗浄油、はたまた化粧品の材料としても使われた。鯨は無駄なところのない資源で、たとえば、骨は今のプラスチックのような素材としてステッキのハンドルや糸巻き車など様々な道具に加工された。髭はフープとしてご婦人方のスカートを膨らませたり、コルセットの芯として胴を締めつけたりするのにも用いられた。海の王者は、彼女たちの理想の体形を作るのにも一役買ったわけだ。やがて十九世紀の半ば以降、石炭や石油がアメリカの工業化の主役を務めるようになるまで、産業革命の一翼を担った捕鯨は金になる商売だったのだ。

鯨を求めてアメリカの捕鯨船は文字通り地球上のあらゆる海を駆け巡った。鯨油の需要の高まりとともに、投資も増え、船はますます大型化していった。最新の造船技術の粋を集めて造られ、前人未踏の大海原に乗り出す捕鯨船は、さしずめ海のスペースシャトルといったところだろうか。鯨の脂身を煮て油を抽出する製油釜が船上に備え付けられ、樽詰め作業まですべて行ってしまう、海に浮かぶ工場と化す。そうなると、いちいち油を下ろすために母港に帰る必要がなくなり、遠く長い航海をできるようになった。

まさに捕鯨はグローバル産業だった。世界中の海域を航行していた捕鯨船のじつに九十%がアメリカ船籍だった時期もあるというのだから、その勢いたるや推して知るべし。人種も雑多な船員がいっときに二万人も世界中の海で捕鯨に従事していたこともあると言われている。十八世紀まではおもに大西洋沿岸で行われていた捕鯨は、やがて南アメリカの先端を回り、太平洋へと進出していく。もっと鯨がとれたからだ。『白鯨』では、宿敵モービー・ディックを追いかけるエイハブ船長の船ピークォッド号が鎖国中の日本の近海にも出没したことになっているが、一八五三年にペリー提督が浦賀に来航し、日本に開国を迫った理由のひとつも捕鯨船の補給基地を確保するためであったのは、周知のとおりである。

世界を征服するかのごとく、捕鯨がアメリカの海外進出を後押しした。捕鯨船が発見した、地図にのっていない島々をもとに政府が海図を作成したという。それだけでなく、ニュー・ベッドフォードの銀行からあふれ出した資金がアメリカの西部開拓の原動力にもなった。メルヴィルは、捕鯨をとおして、内外に勢力を拡大していく十九世紀半ばのアメリカの勢いを感じとっていたに違いない。

一方、捕鯨業の華々しい成長の陰で、捕鯨船上の船員たちは過酷な労働を強いられた。一回の航海は平均で二年から五年の長期にわたったといわれている。その間、家族から引き離され、粗末な食事に耐えなければならなかったばかりか、鯨を目視するまで何日も退屈な時間を過ごすことを余儀なくされた。気の遠くなるほど広い海原で、うまい具合に鯨にしょっちゅう出合うわけはないからだ。『白鯨』を手にしたことのある読者の中には、わくわくするような冒険シーンはわずかで、甲板上で行われる作業の淡々とした描写や鯨に関する蘊蓄《うんちく》、はたまた哲学的な瞑想が延々と続くことに、「なんて退屈な小説だ！」と途中で放り出した方もおられるのではないか。メルヴィルの意図はともかくも、それが捕鯨船の日常をよく反映しているのだ、と言われれば、少しは納得なさるだろうか。

この退屈な時間の埋め草として、水夫たちは航海の体験談を語り合った。メルヴィルは、のちに小説の材料となるような話をそこで仕入れるとともに、みずからも「語る」ことを覚えていったのかもしれない。『白鯨』もイシュマエルの語る物語であるし、『ビリー・バッド』も水夫のあいだでバラッドとして語り継がれた「ハンサム・セイラー」について複数の話をもとに語り手が語るという体裁をとっている。のちに海から上がったメルヴィルが南洋での体験談を短期間に書き上げることができたのも、すでに「語り」の予行演習ができていたからだ、といってもいいだろう。

このように退屈な時間を過ごさなければならなかった水夫たちも、見張り役が鯨の潮吹きを見つけるやいなや、この巨大な生き物との死闘に駆り出され、スピードを出すために細長く造られたボートを全力で漕いで追跡した。銛《もり》撃ちが数十トンもある鯨に銛を撃ち込むと、それに付けられたロープに引かれ、ボートは水面を猛烈なスピードで滑走する。「ニュー・イングランドの橇《そり》遊び」と呼ばれたらしい。名前は楽しそうだが、危険なことこの上なく、鯨が力尽きるまで続いたのだ。ボートから振り落とされたり、怒り狂った鯨の尾にボートそのものがたたきつぶされたりして命を落とす者も少なくなかった。労働はそれでは終わらない。切り刻んだ鯨の脂身から油を煮出す作業が待っていた。甲板全面を覆う鯨の血や脂にまみれながら、製油釜が発する強烈な悪臭のなか、何時間もの作業が続いたのだ。

捕鯨業は金にはなるが、航海全体の出来高で払われる平水夫の給与は多いとはいえず、港での遊興に使い切ってしまう者も少なくなかった。もともと寄せ集めの水夫たちである。その統率は難しく、またひどい待遇に船を逃げ出す者や反乱を企てる者も珍しくなかった。

メルヴィルも一八四二年の夏、友人リチャード・トバイアス・グリーンとともに、マルケサス諸島のヌクヒヴァ湾に停泊中の船から飛び降り、タイピー渓谷に逃げ込む。

グリーンは、足を負傷したメルヴィルを置いて、助けを探しに行ったまま戻らず、メルヴィルはそこで数週間過ごすはめになる。住人のタイピー族は友好的だったが、このときの経験をもとに書いた『タイピー』（*Typee*, 一八四六年）では、食人の習慣があったかのように描かれている。傷が癒えたメルヴィルは、オーストラリアの捕鯨船ルーシー・アン号に乗ってタヒチに向かう。船長は病弱で一等航海士は飲んだくれというどうしようもない船だった。船員たちが反乱を起こすと、積極的に荷担したわけではなかったメルヴィルも一緒にとらえられ、投獄されてしまう。ただタヒチでの投獄中は比較的自由に島を歩き回ることが許されていた。この出来事を題材に『オムー』（*Omoo*, 一八四七年）という南海の冒険物語ができあがる。さらに同じ年の十一月に乗り組んだ捕鯨船チャールズ・アンド・ヘンリー号での航海が下敷きになっているのが、より寓話的な作品『マーディ』（*Mardi*, 一八四九年）である。

一八四三年五月、サンドウィッチ諸島（現在のハワイ諸島）でメルヴィルの捕鯨体験は終わる。マウイ島のラハイナで船を下りたメルヴィルは、ボウリングのピンを立てる仕事をしながら、しばらくホノルルに滞在したのち、米国海軍のフリゲート艦ユナイテッド・ステーツ号の船員となる。ちなみに『ビリー・バッド』は、この船の主檣楼長であり、『ホワイト・ジャケット』（*White Jacket*, 一八五〇年）の登場人物であるジャック・チェイスのモデルとなったジョン・チェイスに捧げられている（献辞ではジャックとなっている）。

軍艦上の生活でメルヴィルに強烈な印象を与えた出来事は、水夫に対する鞭打ち刑であった。『ビリー・バッド』のなかに、鞭打ちに対してビリーがいいようのない恐れを覚える場面があるが、これもメルヴィル自身の実体験に基づいているのだ。この時の経験を基にした小説『ホワイト・ジャケット』は、国の法律にまで影響を与え、艦上での鞭打ち刑が違法とされるようになった。軍艦という独裁的な組織のなかでの水夫の権利についてメルヴィルは強い関心をもつようになるが、それは、のちの作品にあらわれる、社会の底辺にあって搾取される者たちへの共感と通底するものがあるのだ。

一八四四年十月、二十五歳のメルヴィルは、五年にわたる海での生活を終え、ボストンに上陸した。

陸《おか》に上がったメルヴィル

五年間の水夫としての経験をもとに、メルヴィルは『タイピー』『オムー』『マーディ』『レッドバーン』『ホワイト・ジャケット』を立て続けに出版する。ことに最初の二冊は、南海の冒険物語として好評を博し、メルヴィルは「人食い人種の間で暮らした」作家として知られるようになる。どうもこの名声を本人は気に入らなかったようだが、読者の興味をひく宣伝にはなったようで、作家としてのキャリアをスタートさせるきっかけとなった。

もともと小説を書くようになったのは、家族や友人の勧めもあった。十代の頃に地元の新聞社に小品を発表したこともあり、多少なりとも書くことに興味があったようだが、なによりも必要に迫られていた、というのが本当のところだろう。なにしろマサチューセッツ州裁判所長官レミュエル・ショーの娘エリザベスとの結婚を考えていた失業中のメルヴィルには、金銭的にも立場的にも職業作家として身を立てることが望ましかったからだ。メルヴィルは一八四七年にエリザベスと結婚し、ニューヨークに居を構え、やがて二男二女に恵まれる。

ただ作家としてのメルヴィルの人気は長続きしない。皮肉にも、実体験に沿った海の冒険談から離れ、後から得た哲学的な知識や政治・社会批判を盛り込んだ、より本格的な小説を書きだすと売れなくなってしまう。これは家族を支えなければならなかったメルヴィルには大問題だった。『レッドバーン』や『ホワイト・ジャケット』は、彼からすれば、海での体験を切り売りして、食べるために書いた作品にすぎなかった。冒頭で引用した手紙のなかで「自分がもっとも書きたいと思っていることは、書くことを禁じられています――金にならないからです」とホーソーンに不平を述べている。これは、今では代表作とされている『白鯨』のことを指している。メルヴィルは、この大作の執筆に、これまでにない葛藤を味わう。売るための制約の中で「もっとも書きたいこと」を書こうとした小説は、読者からは受け入れられなかった。『白鯨』との格闘を終えたメルヴィルは、精も根も尽き果てたようになってしまう。あたかも海から得ていたエネルギーが枯渇してしまったかのように、『ピエール』(*Pierre*, 一八五二年)では、舞台を陸に移し、ニューヨーク市の真ん中で死を迎える若き作家の悲劇を主題としている。「今世紀の福音を書いたというのに、落ちぶれて死を迎えようとは」と手紙でホーソーンに不満をぶつけたメルヴィル自身の姿とどうしても重なってしまう。主人公と異母姉妹の近親相姦を扱ったこの小説は、評者たちの顰蹙《ひんしゅく》を買い、なかにはメルヴィルは「狂ってしまった」と言う者まで出てくる始末だった。

酷評に痛手を受けたメルヴィルは創作意欲を失い、書くことをあきらめてしまった――というのが通説だったこともあるが、これには誇張が入っている。一八五五年には、故国アメリカから忘れ去られイギリスを放浪する独立戦争の一兵卒を主人公にした『イズラエル・ポッター』(*Israel Potter*)を出版しているし、雑誌に発表した「書記バートルビー」("Bartleby, the Scrivener")「ベニト・セレノ」("Benito Cereno")などの短篇を『ピアザ物語』(*The Piazza Tales*, 一八五六年)としてまとめている。さらに、中西部の旅で乗ったミシシッピ川の蒸気船を舞台にアメリカ社会の腐敗を描いた『信用詐欺師』(*The Confidence-Man*)を一八五七年に出している。ここまでは作家としての人生をまだまだあきらめていたわけではなかった。

とはいえ、いよいよ家族を支えていくことは不可能になり、領事職に就こうと試みたり、体験談をネタに講演者として各地をまわって収入を得ようとしたりしたこともあったが、うまくいかず、大西洋へ注ぎ込むハドソン川河口からすぐのところにあるウォール街五十五番地の合衆国税関の検査役人として勤めはじめる。一八六六年のことである。その後、ほぼ二十年にわたって、この海のそばの役所にメルヴィルは勤勉に通い続ける。

たしかに小説執筆からは離れたが、この頃から多くの詩を書いている。南北戦争と同時進行で書かれた『戦争詩集』（*Battle-Pieces*, 一八六六年）を世に出し、さらにはメルヴィルの健康を危惧した義父ショーのはからいで出掛けた聖地旅行からヒントを得た、およそ一万八千行にも及ぶ長大な宗教詩『クラレル』（*Clarel*）を一八七六年に出版する。だがこれを最後に、メルヴィルの手に成る大きな作品が生前世に出ることはなかった。

税関を退職した後も、私家版で詩集や小品を出したが、作家メルヴィルがふたたび人々に注目されることはなかった。晩年は妻との結婚生活もうまくいかず、家庭内暴力があったのではないかと指摘する研究者もいる。それだけでなく、長男マルコムの自殺、次男スタンウィックスのサンフランシスコでの客死などの不幸に見舞われるなど、あまり明るい話題はない。

一八九一年九月二十八日、メルヴィルはその生涯を終える。その頃、イギリスではわずかながら再評価の動きがあったが、自国アメリカでは「かつて有名だった作家」

の死として一部の新聞で紹介されたのみだった。『ビリー・バッド』の中にメルヴィルが自分を登場させていると思われるくだりがあるのに読者はお気づきだろうか。なかば自嘲気味に「ほとんど無名の作家」（135頁）と呼んでいるところだ。メルヴィル自身は、最後まで作家としての自覚を失っていなかったようだ。

一九二〇年代になって、いくつかの自伝と研究書が出されると、「ほとんど無名の作家」メルヴィルがふたたび注目を浴びるようになり、いわゆる「メルヴィル・リヴァイヴァル」が起こる。ことにイギリスの作家D・H・ロレンスが『アメリカ古典文学研究』（*Studies in Classic American Literature*, 一九二三年）のなかでメルヴィルをとりあげたことは重要である。それまでイギリス文学の陰で評価を受けることのなかった、アメリカの文学作品を「古典」として位置づけたこの本のなかで、ロレンスはメルヴィルを称賛している。それまで存在することを一部の人間にしか知られていなかった未完の遺稿『ビリー・バッド』の原稿が研究者の手で編集・出版されたのが一九二四年だったのには、このような背景があったのだ。

出版に至るまでの経緯に触れておこう。『ビリー・バッド』の原稿は、メルヴィルの死後、夫人のエリザベス、長女エリザベス、次女フランシスの手へと順にわたっていったブリキ製の菓子箱（パンを保存する入れ物だったとも言われている）に、日記などと一緒くたにされていた。この箱が、メルヴィルの生誕百年にあたる一九一九年に孫娘のエレノア・メルヴィル・メトカーフへと引き継がれた。同年、「ネイション」（*Nation*）誌にメルヴィル礼賛の論文を寄稿した、当時コロンビア大学の大学院生だったレイモンド・ウィーヴァーが、直接エレノアに会い、『ビリー・バッド』の原稿を目にする機会を得た。『白鯨』を高く買っていた駆け出しのメルヴィル研究者ウィーヴァーも、この未完の小説にはあまり関心をもたなかったようだ。しかし二年後に「メルヴィル・リヴァイヴァル」に火を付けるのに一役買った伝記でこの小説に言及したところ、メルヴィル全集を計画していたイギリスの出版社の目にとまり、その依頼でウィーヴァーが、読みにくいこと極まりないメルヴィルの手書き原稿を解読・編集し、一九二四年に初版が世に出ることとなったのだ。

ところが、手書き原稿を研究するノウハウをもっていなかったウィーヴァーの仕事には間違いが多く、メルヴィルが削った「序」が含まれていたり、「一般読者向けに」（ウィーヴァー自身の言葉）勝手に言葉が変えられたりしていて、だいぶ印象の違う本になってしまった。ようやく一九六二年になって、二人のメルヴィル研究者による手書き原稿の綿密な検証をもとに、シカゴ大学から出されたのが、新訳の底本となっている版なのである。じつはこの版に対してさえ、違う読み方を主張する研究者もいるが、これは未完の遺稿の宿命と言うしかない。

ふたたび海へ——『ビリー・バッド』

晩年に書かれた作品は、その作家の人生の総決算として読みたくなるものだ。『ビリー・バッド』も例外ではない。しばらく小説から手を引いていたメルヴィルがふたたび筆を執って書いた遺稿となると、なおさらである。ここで彼が海に戻ってきたことの意味も知りたくなる。

メルヴィルは、この物語を一八八六年頃から書きはじめていたようだ。結末に出てくるバラッド「ビリーは手錠をかまされて」が、膨らんでできあがったと考えられている。最初は詩集に入れようと考えていたのかもしれない。何度もの書き直しを経て、寓話的な物語、歴史・政治、そしてメルヴィル自身の体験、この三本の糸が巧みにより合わされた作品に仕上がっている。ところが、読者が、それをときほぐして、どれかひとつの糸をたよりにメルヴィルが出した人生の結論をたぐり出そうとしても、うまくいかないのだ。

たとえばキリスト教的アレゴリー（寓話）として道徳的解釈を加えてみよう。全体に聖書への言及がちりばめられているが、それらから一貫したアイデアを導き出すことはできない。たとえば、ヴィア艦長によるビリーの処刑は、旧約聖書のアブラハムによる子イサクの生け贄の場面と重ねられている。だが、ビリーの身代わりとなる羊は与えられない。なるほど旧約聖書のアブラハムの話は、新約聖書のキリストの雛形（予型）で、神から与えられる身代わりの羊はキリストを指しているとも言われる。では、最後に「神よ、ヴィア艦長を祝福したまえ！」という言葉を残して、吊されたビリーが檣《ほばしら》を昇っていく姿を、「父よ、彼らをお赦しください」と叫んだ十字架上のキリストとみればつじつまが合うだろうか。答は、否である。キリストは罪を犯さなかったが、衝動に駆られたビリーは人を殺している。またビリーの死は誰を救ったわけでもない。

ではアダムのイメージはどうだろう。悪の概念さえ理解できないビリーは、たしかに堕落以前のアダムと比べられているが、クラガート殺害の引き金となった言語障害は原罪の象徴であると解釈する研究者もいる。また、ビリーが無垢なアダムとすれば、クラガートはサタンの化身である狡猾な蛇ということになるだろう。事実、この先任衛兵長を描写するときにメルヴィルは「生来の堕落」について言及する。ところが、動物に喩えられ、ただ善の象徴にしか見えない平面的なビリーに比べて、人間臭く、その心理の機微を深く描き込まれたクラガートに、たとえその行為は肯定しなくとも、読者はどことなく親近感を覚えないだろうか。おまけに、最後に加えられている海軍新聞の記事では、ビリーが悪漢、クラガートが英雄になっている。

このように、アレゴリカルな解釈から神学的・道徳的に一貫した意味を見つけることは難しい。聖書の人物や出来事を、体系的にではなく、それらが読者に与える印象を重視して使っているようなところがメルヴィルにはあるからだ。過去には、人間の不幸を前に沈黙するカルヴィニズムの峻厳な神と生涯闘ってきたメルヴィルが、最期になって神を受容したのだ、という説もあったが、結末でヴィア艦長がアテー（訳して「無神論」）号との戦闘で命を落とすところなどをみると、作家の人生にうまくケリをつけてしまおうという誘惑に駆られた解釈といえなくもない。逆にメルヴィルは最期まで反抗し続けたという論もあるが、いずれかは決めがたい。

では、歴史的・政治的な読み方はどうだろうか。初期の作品『ホワイト・ジャケッ

kobunsha classics